32

DES FEMMES
QUI TOMBENT

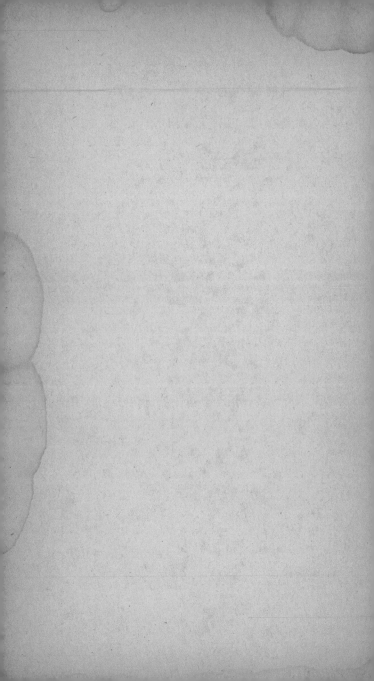

Pierre Desproges

DES FEMMES
QUI TOMBENT

Éditions du Seuil

ISBN 2-02-033625-1
(ISBN 2-02-008974-2, édition brochée)
(ISBN 2-02-010892-5, 1ʳᵉ publication poche)

© Éditions du Seuil, 1985

Chapitre I

Adeline Serpillon appartenait à cette écrasante majorité des mortels qu'on n'assassine pratiquement pas.

Elle n'avait pas d'argent, pas d'amour, pas de haine, pas d'attraits. Ses convictions politiques l'amenaient à conspuer doucement les augmentations du prix du gaz, rarement au-delà. Elle était moyenne avec intensité, plus commune qu'une fosse, et d'une banalité de nougat en plein Montélimar. Hormis le chat gris mou qui dormait sur son lit, personne ne se retournait sur elle, et encore moins dessous. Depuis quarante ans, elle rapetissait à petits pas derrière le comptoir de bois ciré de sa mercerie qui sentait le miel et la sciure fraîche, sans qu'on la prît jamais en flagrant délit de bonne ou de mauvaise humeur.

A la Libération, elle avait un peu tressailli dans les bras durs d'un SS en déroute qui remontait d'Oradour et bandait ferme encore. Il l'avait écartelée contre le grand chêne torturé qui glande toujours par-delà son jardin, entre la Dordogne et la Haute-Vienne. Parfois, en suçant sa tisane au crépuscule, elle regardait cet arbre immuable et revoyait les yeux battus aux cils brûlés de son bourreau vaincu qui sentait la fumée froide, la poudre et la mort, et l'alcool à cochons.

On ne lui connut jamais d'autre liaison, pour la bonne raison qu'elle n'en eut point ; sa fadeur naturelle l'abritait puissamment de l'amour autant que des mépris.

Ainsi paraissait-il improbable à chacun qu'Adeline Serpillon mourût un jour assassinée.

Cependant, le 9 mai dernier, le chauffeur du car de Nontron, qui lui livrait couramment ses fils et boutons, la trouva par terre sous son présentoir à couture. Malgré le grand couteau à viande qui l'avait saignée à blanc en la perforant du plexus au nombril, et qui restait planté là, dans son ventre triste, elle conservait dans la mort cet air con des mercières mesurant l'élastique à culottes.

On n'avait pas touché au tiroir-caisse. Nul désordre suspect ne troublait la poignante monotonie du magasin et de l'habitat contigu où Adeline Serpillon avait machinalement tricoté sa vie plate comme on grignote en étourneau les bretzels insipides des apéritifs obligés.

Cérillac ne manqua pas de s'émouvoir considérablement à la nouvelle saugrenue de la mort violente de sa mercière. Passé les premiers frissons d'horreur, une bruissante fébrilité de jour de foire, à la limite de l'indécence, s'empara du village. Ainsi, pour qui s'emmerde au trou perdu, la mort du voisin ranime toujours un peu la vie, mettant la joie dans les chaumières où le père noue sa cravate noire des cimetières en fredonnant des javas usées. La mère dit : « Chante point tant fort, le père, que tu désobligerais le bon Dieu. » Et elle ne retrouve plus ses gants noirs, pourtant, après l'enterrement du vieux Nicolot, l'année dernière, elle les avait rangés dans le tiroir de gauche.

Et ils s'en vont trottant vers l'église, bien serrés bras dessus, bras dessous, pour réchauffer leur sang froid, glacés d'images de couteaux blancs étincelants à la lune, et ils se demandent s'il restera assez de hachis parmentier pour midi, mais on pourra toujours repasser par chez Labesse pour reprendre trois cents grammes de chair à saucisses.

Chapitre II

Seul généraliste à Cérillac, le docteur Jacques Rouchon, la quarantaine épuisée, offrait à la rue les abords hirsutes et déconnants des vieux médecins de western. Alcoolique jusqu'au fond de l'œil, il noyait dans le Picon-bière l'insupportable et tranquille certitude qu'il avait de l'inopportunité de la vie en général et de la sienne en particulier. Il buvait jusqu'à l'asphyxie, jusqu'aux sanglots avortés qui lui levaient le cœur à l'idée désespérante de son impuissance à brouiller sa lucidité. Puis pissait aux étoiles, avant de rentrer vomir sur sa femme, une demoiselle Albaret, des Établissements Albaret, ancienne pensionnaire des Sœurs de Chavagne à Nantes où elle avait appris à se laver les seins dans le noir pour éloigner Satan. De cette incarcération chez les saintes obsédées, Catherine avait moins gardé le goût pieux du divin que le goût divin des pieux. A dix-neuf ans, lâchée dans Paris pour y faculter facultatif dans les belles-lettres, elle ne rêvait que de processions obscènes où elle brandissait un à un tous les cierges pourpres qu'elle entendait pousser au printemps dans les jeans des étudiants qui bourgeonnaient au Luxembourg. Excès oniriques qui ne l'empêchaient pas de réserver le plus souvent son entrecuisse à ses propres flatteries, dans l'attente du baiseur charmant qu'elle voulait beau, cultivé, plein d'humour et fier au lit.

Interne à Cochin, Rouchon alors était un peu tout ça. Long et souple, le geste nonchalant, d'une élégance naturelle insultante aux trapus, il irradiait de grâce et de virilité avec cette indolence raffinée non voulue que le parvenu hait chez l'aristocrate au point de prendre la Bastille. Il avait lu Mauriac et goûté Jules Renard, compris le meilleur de Claudel, entériné Céline, reconnu Boris Vian, fouillé Herculanum et cessé de mépriser Viollet-Le-Duc et Baltard dès 1960 où c'était incongru, pour ne pas dire inconvenant.

Trois jours après l'avoir heurté dans la queue d'une manifestation anti-OAS, Catherine l'avait posé sur son lit d'étudiante où ils découvrirent ensemble que faire l'amour et baiser n'étaient pas incompatibles. Ils en conçurent l'un pour l'autre une estime violente et farouche, encore renforcée par la révélation de leur communauté de goûts et d'idées qui les rassemblait autour de l'art statuaire de l'ancienne Égypte, de la pensée de Montaigne et de Brassens, de la cuisine vietnamienne et toulousaine, de la musique émouvante from Haendel to Satie sans passer par Jean-Sébastien qu'ils trouvaient trop carré-militaire, et quand elle lui révéla qu'elle avait aimé Thérèse Desqueyroux à Pompéi, il la reprit sauvagement sur la moquette en criant des soupirs de bûcheron pathétiques qu'elle répéta en frissonnant jusqu'à ce qu'ils jouissent l'un dans l'autre et pour ainsi dire presque ensemble comme c'est prescrit dans les ordonnances des sexologues, on voit par-là combien ce fut beau, et ils se marièrent aux vendanges 66, les meilleures en Bordelais depuis 47 selon le père Albaret dont la réussite dans les sanitaires en inox n'avait pas corrompu le palais.

Jacques Rouchon était déjà alcoolique. Encore imperceptible, feutrée, crépusculaire, l'envie de sombrer vaguement lui venait au tomber du jour — le lever de la nuit, disait-il —, comme la peur du noir monte au cœur de l'enfant seul dans sa chambre où la pénombre change les rideaux en ailes de chauves-souris furibardes. Dans la journée, il était bien dans sa peau, bien dans sa femme, bien dans ses études qu'il terminait en beauté sans essouffler en lui l'envie missionnaire naïve et belle et chaleureusement archaïque qu'il avait de devenir médecin de campagne avec une barbe, une pipe, des malades qu'on tutoie par la main, et une 2 CV crottée. Mais l'heure de la paix du soir lui nouait l'estomac et le poussait au bistrot presque instinctivement, comme on se love sous un porche à la pluie.

Cependant, l'installation des Rouchon à Cérillac, le pays de Jacques, s'était faite dans l'espoir flou de lendemains chantants peuplés d'enfants aimables, de combats humanitaires contre l'indifférence et les cancers agrestes et de succès littéraires psycho-historiques, Catherine s'étant mise en plume de comparer la décadence de l'Occident devant la montée de l'Islam, à la chute de Rome dans les années trente.

L'enfant vint au bout d'un an. Il était anormal, si l'on fait référence à l'employé de banque moyen en tant qu'étalon de base de la normalité. Dieu ne l'avait pas raté. Au sortir de sa mère, c'était un beau bébé, et puis la vie s'était mise à lui tomber sur la gueule avec une frénésie dévastatrice de bulldozer. A deux ans, son beau regard bleu de poupon commun s'était alourdi de torpeur bovine, cependant que son crâne s'allongeait en obus, son teint verdassait, ses membres se recroquevillaient en pieds de vigne. Il avait la démarche austère des mouettes emmazoutées et bramait sans relâche les mélopées caduques que lui soufflait le vent. Un sourire imbécile de Joconde allumée lui barrait le groin en permanence, sauf à la fin des tétées — laborieuses : il suçait tout ce qui bouge — où il arborait le faciès borné d'un aïeul de banquet hébété par une béarnaise au-dessus de ses forces. Dire qu'il répondait au nom de Christian serait exagéré, dans la mesure où il était sourd comme peu de pots, et, de toute façon, trop enco-tonné dans son cortex pour discerner un mot chré-tien d'une corne de brume. Enfin, il avait peur des mouches et développait une allergie aux châtaigniers qui limitait ses sorties en laisse entre Limoges et Périgueux où cet arbrisseau prospère à tout bout de champ. Bref, le fruit des amours de Jacques et Catherine Rouchon était confit.

A ce crève-cœur vint bientôt s'ajouter l'immense désillusion professionnelle du jeune médecin. Jac-ques s'aperçut très vite que l'essentiel de son combat pour une médecine plus humaine se réduisait à un rallye motorisé quotidien entre les coryzas ruraux et les lumbagos ouvriers dont les victimes outrageuse-ment gémissantes exigeaient des semaines d'arrêt de travail pour aller à la pêche. Les hépatiques sérieux et les cancéreux honnêtes préféraient quant à eux s'adresser directement aux pontes locaux dont le gâtisme esculapien et la carte du Lion's Club leur apparaissaient comme autant de gages de compétence, par ailleurs indécelables chez ce jeune et cara-colant docteur Rouchon qui leur jouait les Schweit-zer de la nationale 21 avec une agaçante sérénité bien parisienne.

Seule consolation dans ce marasme cellulaire, Catherine avait trouvé, fin 68, un éditeur touffu, sino-communiste tendance les Deux-Magots, qui publiait périodiquement ses écrits dans une revue qui ne craignait pas, en plein Paris, de fustiger les desseins antiprolétaires de l'ancien secrétaire d'État aux Sports de la province de Nankin, Tsen-Piang-Toung, suspecté de comploter pour le retour au port du short dans les courses de haies internationales.

Malgré l'aversion instinctive qu'elle avait pour les combats douteux des doctrinaires de cave à poux, Catherine, écartelée entre son handicapé global et son alcoolique montant, avait vu dans cette collabo-ration une échappatoire périodique vers la gare d'Austerlitz, la Seine à Saint-Germain, et les salles sévères et fraîches du Louvre où Néfertiti, le menton fier levé sur son cou admirable, continue de ne pas vieillir avec intensité.

Chapitre III

L'enquête policière sur la mort d'Adeline Serpillon avançait à grands pas vers rien du tout, concluant, indubitable, après les constatations du docteur Rouchon, que la mercière de Cérillac avait succombé à une éventration provoquée par un coup de couteau de cuisine dont l'avenir nous dira peut-être un jour qui avait tenu le manche.

— Eh bien, moi, voyez-vous, docteur, dit Marcel Boucharoux, le gros commandant violet de l'épicerie-buvette Marcel Boucharoux, je dis qu'on n'a pas le droit de suriner le pauvre monde sans même y prendre son porte-monnaie.

— Si l'on veut considérer le vol comme une circonstance atténuante de l'assassinat, vous avez raison. Un autre, s'il vous plaît.

A dix heures du soir et dix Picon-bière, Jacques Rouchon commençait à flotter dans l'éther d'un paradis amer et fragile. Il savait qu'il lui allait falloir bientôt réclamer le onzième verre pour ne pas rechuter dans la terrifiante réalité vicieuse et circulaire de l'ivrogne du Petit Prince qui buvait pour oublier qu'il avait honte de boire.

— On dira ce qu'on voudra, mais on n'est plus en sécurité nulle part, regretta Henri Labesse, directeur de la boucherie Henri Labesse, qui ne s'exprimait que par lieux communs.

C'était une grande chose molle et sexagénaire dont la finesse de traits et la blancheur de teint détonnaient derrière l'étal de ses carnages où plus souvent le chauve gras rouge rassure le vachivore de passage. « Le boucher pâle déroute », disait Jacques.

Quand Catherine et lui s'étaient installés à Cérillac, ils avaient inventé un jeu idiot à partir des lieux communs de Labesse. Il s'agissait de pousser le boucher, par tous les moyens, à prononcer une banalité rabâchée dans le minimum de temps. Ainsi, vingt fois, Jacques était entré dans la boucherie, vingt fois il avait fait tomber de la monnaie de sa poche, et vingt fois Labesse, sans lever le nez de son bœuf, avait lancé : « Ah ! ça repousse pas ! »

Pour lui faire dire « Faites chauffer la colle », Catherine avait dû s'y reprendre à trois fois. La première fois qu'elle avait sournoisement lâché un œuf cru sur le carrelage de la boucherie, Labesse n'entendit pas. La deuxième fois, il entendit mal et dit : « Ah ! ça repousse pas ! » Pour ne pas éveiller ses soupçons, elle dut laisser passer un long mois avant de récidiver, choisissant l'heure de la fermeture de dix-neuf heures trente pour être seule avec sa victime, la présence d'autres clients prompts à lâcher des platitudes pouvant éventuellement fausser la partie. Froidement, elle fit éclater par terre un litre de mauvais vin. D'un même élan, Labesse débita le mot de passe et deux côtes d'agneau. Un triomphe.

— Un autre, Marcel, dit Jacques.

Douillettement calé dans son petit nuage doux amer, il se sentait bien, entre ce bougnat gras et ce boucher benêt fluet qui appréciaient d'autant mieux sa déchéance qu'elle le rabaissait à leur niveau, l'alcool décapant le vernis bourgeois sous lequel en tout homme sommeille le cochon populaire. Boucharoux, qui était gascon, clapotait dans le pousse-rapière, Labesse marinait dans le muscadet, et entre ces trois hommes s'installait une immense et subtile chaleur fraternelle comme seuls en engendrent les beuveries de groupe, les chants choraux et les exploits héroïques avec Montgomery Clift qui meurt dans les bras de Frank Sinatra pour la liberté d'entreprise et l'expansion de Coca-Cola à l'est de Strasbourg.

— Aucun indice suspect n'a éveillé votre attention, quand vous avez constaté le décès ? s'enquit Labesse, qui lisait *Détective* quand il se sentait au mieux de son intelligence.

— C'est vrai, surenchérit Boucharoux. Vous avez bien dû voir quelque chose de bizarre, docteur. On n'assassine pas les gens sans casser des œufs.

— J'ai vu une mercière ordinaire avec un couteau dans le ventre. En tant que bizarrerie, c'est déjà pas mal, dit Jacques. En regardant le blanc de l'œil de Mlle Serpillon, j'ai vu aussi qu'elle avait un moustique sur le nez. Si vous y tenez, on peut dire que, ça aussi, c'est bizarre.

— Et vous pouvez nous dire en quoi la présence de ce moustique vous a paru bizarre ? s'enquit Boucharoux qui s'endormait parfois sur Agatha Christie.

— Comme ça. Une impression... Un moustique dans une mercerie hypertraitée à la naphtaline, c'est plutôt pas courant. Surtout au mois de mai.

— C'est vrai, dit Boucharoux. Des moustiques à Cérillac, habituellement, on n'en voit pas avant la Saint-Jean.

— Y a plus de saisons, moi je vous le dis, regretta Labesse, sautant sur l'occasion d'apporter au débat son pesant de platitude.

Ils se quittèrent en titubant à la minuit. Jacques s'attarda un instant dans la chambre de son fils qui dormait les bras en croix, la tête penchée sur l'épaule, bouche ouverte pour mieux happer l'air coincé dans ses poumons fripés à l'étroit dans leur cage thoracique atrophiée. Même les yeux fermés, il avait l'air idiot. En le baisant au front, Jacques, dans un éclair de mysticisme engourdi, crut voir soudain, en ce gnome habituel, un Jésus pathétique qu'un commando d'athées hystériques eût salement lapidé.

— Mon Dieu, pardonnez-leur, ils ne savent pas ce qu'ils font, dit-il doucement en pleurant sur lui-même, sur rien, sur la morsure de l'alcool qu'il sentait monter en son ventre, avilissant sa chair et son esprit, et sur cette petite chose brisée qui s'obstinait à survivre, comme si c'était important.

Chapitre IV

Le 15 mai, une semaine après qu'Adeline Serpillon eut rendu à qui de droit son âme ratatinée, Catherine, lestée de son pauvre enfant, sonnait de bon matin à la porte d'Alain Bonillé, le chiropracteur thalasso-kinésithérapeute local qui contribuait à la survie de Christian en lui dérouillant périodiquement les bas morceaux qui lui tenaient lieu de musculature. Au fur et à mesure de l'inexorable dégradation de son couple, Catherine prenait de plus en plus de plaisir à ces visites pourtant douloureusement routinières. Elle se sentait bien sous le regard sensuel et naïf de ce sémillant malaxeur qui, sous des dehors de culturiste asexué, lui semblait abriter de véritables aptitudes à la virilité, c'est-à-dire à la compréhension des femmes. Et puis, elle aimait bien le cent pour cent Arabica matinal de Claire Jolly, qui cumulait les fonctions de concubine, de consœur et d'associée d'Alain. Ensemble, Catherine et Claire se plaisaient à cinéphiler à Limoges à l'heure du thé, à se chausser à Périgueux chez une folle italienne, et même à pêcher le brochet au lancer dans les étangs limousins cernés de bosquets tendres où la girolle trompette à la mousse avant la fin septembre. Un jour qu'elles avaient poussé jusqu'à Sarlat pour y boire un chocolat, elles s'étaient laissé envahir par deux Baden-Badenois lisses et sots comme des cataplasmes. Elles s'en étaient mis chacune un sur la poitrine, dans un hôtel prétentieux aux poutres aussi apparentes que les gros zooms noirs et les émouvantes quéquettes roses qui prolongeaient ces fringants Bavarois.

Ces deux femmes, pour tout dire, se promenaient dans la vie provinciale hors des sommiers battus, des thés confits notariaux et des soupers cravateux boudinés où de sobres paons subesculapiens, accoudés aux cheminées Louis XV de leur manoir héréditaire, un verre en main et l'autre dans le nez, pérorent, emphatiques, et jettent au canapé les gaudrioles aseptisées de leur humour carabiné. Elles renâclaient à l'ennui convenu, à l'étouffement des bienséances. Elles n'étaient pourtant pas révolutionnaires, ni viragos, ni féministes hystériques. Assumaient leur état de bourgeoises et leurs ensembles Chantal Thomass avec courage et sérénité, contrairement à la majorité des nantis moyens qui collent des étiquettes Olida sur leurs boîtes de chez Petrossian pour faire croire à leur valet de chambre qu'ils sont dans la gêne. Mais, pour être bourgeoise, on n'en est pas moins femme, et pour être femme, on n'en est pas moins homme, telle eût pu être la double devise de Claire et Catherine, que leurs mâles appelaient « les garçonnes » avec ce soupçon de mansuétude dans la misogynie qui nous vient des années folles, alors que la virile féminité de leurs joies partagées les situait très exactement entre les copines de Reiser et les copains de Jules Romains.

C'est Alain qui ouvrit la porte, torse nu, l'air hagard et pas rasé.

— Ah, Catherine. Claire n'est pas avec toi ?

La question surprit Catherine que nimbait déjà le fumet tonifiant du bon café frais moulu s'exhalant de la cuisine. Seule, Claire avait pu préparer son mélange colombien. Alain ne savait même pas se servir de la cafetière électrique. Il était de ces asociaux matinaux qui se shootent au Nescafé debout sur un pied, solitaires et pressés d'entrer dans la vie un quart d'heure avant tout le monde.

— Je comprends pas. Je comprends pas, répétait-il. Je l'ai entendue se lever vingt minutes après moi. Elle est venue me dire bonjour dans mon bureau. Après, elle a fait son café en écoutant le demeuré sur

RTL, et maintenant, voilà : il est dix heures et elle a disparu. Pieds nus et en culotte, et sans cigarettes. C'est dingue. C'est complètement dingue.

Il était désemparé comme un enfant normal qui aurait perdu sa mère aux Galeries Lafayette. Elle eut un court instant envie de le bercer. Il devait être plus doux à caliner que ce long fœtus exaspérant qui bramait sa douleur dans sa poussette orthopédique. Mais l'homme d'une copine, quoique bandant, c'est sacré.

Au bout du jardin contigu à leur maison, où Claire et Alain avaient installé leurs agrès, un buisson de groseilliers cachait aux regards un vieux puits désaffecté recouvert d'un fond de barrique. C'est là, vers midi, qu'ils finirent par la trouver.

— Non. Ce n'est pas possible. Je ne peux pas le croire, gémit Alain en voyant que le couvercle avait été ôté. Ce sont des choses qui n'arrivent pas...

Puis, il s'approcha du trou noir et se décomposa.

Catherine l'écarta de la margelle. Blême, elle se pencha au-dessus du puits. Dix mètres plus bas, Claire écartelée clapotait sur le ventre, la tête sous l'eau saumâtre. Plaquée sur sa peau, sa culotte de soie soulignait profondément la double émergence de son joli cul mouillé. C'était une culotte à festons qu'elles avaient achetée ensemble l'année précédente à Venise, le jour où Jacques avait fait scandale parce

qu'on ne servait pas de Picon-bière à la terrasse du
Florian. Ils avaient ri tous les quatre et descendu le
Grand Canal à minuit, quand les palais agonisants
superbes ne s'éclairent plus çà et là que de la buée
clignotante des dernières vagues emmêlées.

Voici donc les images qui nous viennent à l'esprit
quand nous repêchons nos années mortes au fond
d'un puits, pensait Catherine en même temps qu'elle
prenait une lente aspiration pour mieux hurler à
fond, comme un chien.

Avant l'arrivée — inutile — des secours, Alain et
Jacques, s'aidant des cordes du portique, avaient
remonté le corps. Jacques devait rapidement consta-
ter une rupture des vertèbres cervicales. Claire était
probablement morte avant même de toucher l'eau.

On la posa encore mouillée sur le grand lit rouge.
Paisible et les yeux clos, dans la pénombre des per-
siennes, on aurait dit une baigneuse éternelle étendue sous un soleil noir pour bronzer son fantôme.

— Une si jolie dame. C'est bien du malheur, dit
un gendarme esthète.

Chapitre V

Le père Montagu vouait à Catherine une affection à la fois paternelle, pastorale et amoureuse dont les ardeurs l'effrayaient lui-même. C'était un vieux bonhomme d'abbé d'avant qui traversait les années quatre-vingt en soutane effilochée avec un mépris souverain pour l'affligeant opportunisme de sa sainte Mère l'Église dont il comprenait mal l'acharnement qu'elle mettait à s'autodétruire en reniant ses coutumes au point d'y perdre son latin et de lui infliger, en guise de vicaires, à lui, Martial Montagu, curé de Cérillac depuis Pie XII, des homoncules boutonneux d'obédience clérico-castriste qui coassaient des blues à la messe avec l'accent du Sud-Ouest.

— C'est tout juste s'ils n'ajoutent pas putain con après avoir dit amen, soupirait-il.

Écartelé entre ses crapauds de sacristie et ses grenouilles de bénitier, le père Montagu ne se sentait bien qu'auprès de Catherine à l'heure du thé. Parfois, les soirs d'été, pendant que Jacques s'appesantissait au bistrot, ils jouaient aux dames sur la terrasse jusqu'à la nuit, puis elle lui ouvrait une petite boîte de foie fondant agrémenté de monbazillac, ils écoutaient les mandolines de Vivaldi en regardant mourir le jour sur les prés courbes agacés de chênes tordus, et le vieux curé ronronnait d'amour pour Dieu, la musique, le bon vin et l'inaccessible beauté tranquille de cette personne convertie à l'athéisme dont les seins palpitaient sous son nez sans malice.

Un soir de juin d'avant, Catherine avait ressenti puissamment l'envie d'elle dans les yeux du vieil homme. C'était une soirée torride et d'orageuse sensualité. Les grillons fourbus criquetaient à peine. Suavement éméchée, Catherine appuyait son dos nu au mur blanc où vibrait encore la chaleur du jour. Le saint homme, sur le banc de pierre attiédi, bandait faiblement à la lune. Follement, comme mue par l'instinct déraisonnable qui pousse la main de l'enfant à caresser la flamme, elle avait posé légèrement sa main en conque autour de cette incongruité sacerdotale qui pointait sous le drap noir usé. Il l'avait repoussée avant de porter la main chaude à ses lèvres pour un baiser révérend qu'ordinairement l'homme de Dieu réserve à l'ostensoir.

Ainsi, souvent aux temps lourds, Catherine et le père Montagu se perdaient-ils en vains attouchements farouches qui les laissaient pantois.

Rentré au presbytère, il priait pour elle et le pauvre monde, se signait pieusement puis, de l'autre main, par respect pour le Christ, il s'agitait vers d'hallucinatoires soubresauts qui le rendaient sourd jusqu'à la messe de sept heures.

Devant le corps de Claire, le père Montagu bredouilla des litanies posthumes en s'étonnant intérieurement de l'acharnement de la Providence contre ses paroissiennes. Catherine lui servit un encas dans la cuisine où Alain restait prostré sur un tabouret, gémissant par à-coups comme une pleureuse orientale. Jacques, appuyé contre le frigo, c'est-à-dire le plus près possible des bières et pas trop loin du Picon, s'imbibait posément, largement, jusqu'aux yeux.

La police avait passé la journée à ne pas trouver d'indice. L'inspecteur Granot, de la brigade antibavure de Limoges, avait menacé d'embarquer Alain qui répondait « Ta gueule, je souffre » à chacune de ses questions sur l'emploi du temps de la victime entre l'heure du café et l'âge du capitaine. Et, maintenant, comme si rien ne s'était passé, la nuit tombait.

— Ces choses-là n'ont pas le sens commun, dit le curé. On est en pleine folie, mes enfants.

— C'est sûr, approuva Catherine, il y a un dingue à Cérillac qui tue les femmes...

— ... Sans les violer, nota Jacques en essayant en vain de lever le doigt pour souligner l'intérêt de son intervention.

— Cuve et ferme-la. Tu vas trop loin, reprit Catherine en repoussant son épave.

— Laisse tomber, dit Alain, émergeant de son chagrin. D'ailleurs, il a raison. Quand ils ne tuent pas pour le plaisir, les fous normaux tuent pour violer.

Aucun des trois n'eut la force de relever le vertigineux double non-sens de cette observation psychosociologique hors du commun. D'ailleurs, on sonnait à la porte. C'étaient les parents de Claire accourus de Bordeaux, défaits, pantelants, qui se cognaient aux murs en poussant des cris d'animaux égorgés.

— Sans doute étiez-vous très attachés à cette enfant ? risqua Jacques, juste assez fort pour que Catherine et l'abbé l'entendissent. Il y a des enfants très attachants, ajouta-t-il dans l'oreille de sa femme.

Elle allait le gifler quand le curé arrêta son geste en lui prenant la main.

— Il doit être très malheureux pour être aussi méchant, dit-il simplement avant de retourner veiller l'humide avec les autres.

A genoux devant le lit, la maman de Claire, le

visage ravagé de larmes, tapotait du bout des doigts les mèches folles sur le front de la morte, retrouvant les gestes furtifs et légers d'ultime coquetterie qui viennent instinctivement aux mères quand elles abandonnent leur fille au seuil du premier bal.

Chapitre VI

Le lendemain matin, alors que les journaux commençaient à titrer sur « le tueur de femmes de Cérillac », le cheminot Maluzier, qui s'occupait à serrer les boulons de la voie ferrée au niveau du passage du même nom sis à la sortie du bourg sur la route de Dournizac, découvrit sur les rails un horrible mélange d'os et de chairs meurtries et traînées dans la fange, des lambeaux déchirés et des membres affreux qu'un soleil estival cuisait à petit feu, alors qu'on n'était qu'en mai, mais ça arrive, dans le Massif central.

Vérification faite, c'est-à-dire après un tri minutieux entre ces viandes et les atours bon marché qui en cachaient la veille encore le modelage originel, on constata qu'il s'agissait de Monique Poinsard, première secrétaire de la mairie de Cérillac. Bonne pondeuse, épouse modèle, cette prolétaire d'élite militait ardemment au parti communiste depuis que l'entrée des troupes soviétiques à Prague en 1968 avait émoustillé ce goût pour l'ordre et le travail bien fait qu'elle mettait quotidiennement en pratique en renvoyant dans leurs foyers les administrés nécessiteux fantaisistes qui faisaient preuve d'individualisme déviationniste dans le remplissage de ses formulaires. Elle aurait pu aussi bien virer catholique en hommage à Philippe Pétain, mais sa naissance prématurée en 1944 avait évidemment contrarié ce généreux projet.

Selon toute vraisemblance, Monique Poinsard avait été déchiquetée par le Paris-Hendaye. A 4 heures 12 précises, confirma le chef de gare de Cérillac en hommage posthume à la défunte qui tenait l'exactitude et la ponctualité pour autant de mamelles de la bureaucratie.

A part les six enfants Poinsard, qui vouaient à leur mère une adoration plate dont les fondements reposaient en réalité sur un manque d'objectivité d'origine génétique, personne à Cérillac ne pleura cette gargouille municipale. Son époux, Henri Poinsard, doux artisan et pêcheur à la ligne qu'elle chevauchait à tout bout de lit dans l'espoir qu'il l'ensemençât de petits rouges, car elle militait même par le cul, dut se retenir de chanter *l'Internationale* à l'annonce de l'écrabouillage ferroviaire qui le précipitait conjointement dans le veuvage, la liberté de penser, de parole et d'action, et l'étalement des vacances au niveau de ses « masses laborieuses », selon l'expression qu'elle avait inventée pour désigner ses couilles.

Les Rouchon, pour leur part, ne la regrettèrent pas. Quand ils avaient dû s'adresser à elle pour l'obtention de certains tampons administratifs indispensables au remboursement de la chaise d'infirme sophistiquée de Christian, la Poinsard avait réussi à leur faire sentir, avec des délicatesses périphrastiques de pachyderme, que l'avenir de l'homme ne passait pas par celui des handicapés grabataires, autrement dit qu'il eût été plus humain de noyer le petit à la naissance, comme on le fait pour les chiots surnuméraires en temps de paix, et pour les juifs en temps de guerre.

Peu de Cérillacais, donc, pleurèrent sur le cruel trépas de Monique Poinsard, mais tous, en revanche, commencèrent à vraiment paniquer, principalement les femmes, mais aussi ceux des hommes qui étaient épris de la leur, ceux qui s'étaient accoutumés à des pratiques hétérosexuelles, ceux, enfin, les plus nombreux, qui ne savaient pas se faire cuire un œuf.

Cependant, à force d'être rasés par l'inspecteur Granot, les murs de Cérillac devenaient imberbes. Mais on eut beau l'entourer d'autres détectives plus galonnés venus d'ailleurs, rien n'y fit, on piétinait. Hormis le sexe des victimes, aucun lien palpable ne permettait d'établir la moindre corrélation entre ces trois meurtres.

— Encore que rien ne prouve qu'il s'agisse de meurtres. L'hypothèse d'une série d'accidents n'est pas à écarter, récita Boucharoux.

Après avoir noté qu'en tout cas on était bien peu de chose, le boucher Labesse fit observer que, s'il était théoriquement possible qu'une jeune bourgeoise s'abîmât étourdiment dans son propre puits condamné, et qu'une communiste pratiquante s'allât promener par erreur à quatre heures du matin sous les trains de Paris, il était en revanche peu vraisemblable qu'une mercière effacée se fût éventrée du col au nombril par simple distraction.

— Un autre, demanda Jacques sur un ton si lugubre que les deux autres crurent un instant qu'il commandait un quatrième assassinat.

— Dites-moi, docteur, vous qui êtes cultivé, dit Boucharoux, en pompant machinalement la bière dans le verre liquoreux d'amertume, est-ce que Jacques l'Éventreur violait ses victimes ?

Benoîtement antiféministe par tradition et par éducation comme la plupart des hommes, femmes comprises, le tavernier de Cérillac, sans aller jusqu'à voir systématiquement les filles d'un œil de cochon sommeillant, s'étonnait comme Alain qu'on pût raisonnablement en tuer une pour des mobiles au-dessus de la ceinture.

Jacques lui répondit que non, que l'éventreur de Londres, à part quelques coups de couteau par-ci par-là, ne se permettait pas le moindre geste déplacé sur ses victimes.

— Et, pourtant, ce type-là était bien un maniaque sexuel ?

— Oui.

— Donc, le nôtre peut-être aussi...

Il avait dit « le nôtre » sur un ton enflé de chauvinisme local, comme s'il se fût agi d'une ruine gallo-romaine ou d'une équipe de football incomparables.

— Peut-être, admit mollement Jacques que ce débat stérile agaçait d'autant plus qu'il le distrayait contre son gré de la béatitude cotonneuse où s'était anesthésiée sa morbidité. Mais la comparaison s'arrête là. Les victimes de Jacques l'Éventreur étaient des putes. Nuance. Ce dingue se prenait pour un justicier, un Zorro antivénérien spécialisé dans l'hétaïre. Le nôtre, comme vous dites, vise plus large. Si son but était de punir le vice, il n'aurait pas trucidé Adeline Serpillon, qui était plus vertueuse qu'un trou de souris.

Il rit niaisement de cette comparaison approximative jaillie de son embrumement cérébral avancé. Il était mal. Il souffrait de maux d'intestin humiliants, et s'en voulait d'avoir traîné sa journée d'angines bidon en furoncles au cul. Christian avait encore mangé sa merde, Claire était morte et Catherine brisée pleurait sans lui. Une pluie désobligeante, arythmique, énervante, tapait en *la* mineur au carreau sale.

— Et si l'assassin était une femme ?

Ça venait de Boucharoux, le nez dans son verre et les épaules rentrées, comme si cette incongruité allait lui valoir une volée de bois vert.

— Les femmes ne tuent pas les femmes, et d'une. Ou alors pas comme ça, et de deux, dit Labesse que le muscadet rendait péremptoire. Les femmes ne se servent pas de couteaux de cuisine ni de leurs muscles. Elles empoisonnent. La femme empoisonne, répéta-t-il avec l'emphase courroucée d'un inspecteur d'Académie révélant le cri du caribou à une classe de sous-doués qui s'en fout.

La télévision derrière le bar diffusait l'image dernière d'une speakerine nationale prenant congé de ses veaux. On lui avait coupé le son, mais son beau regard suintant d'imbécillité et l'indicible vulgarité de son sourire de césarienne en disaient assez sur l'indigence de son propos.

— Je crois que je vais vomir, dit Jacques.

Chapitre VII

Les bonnes gens du cru, à cor et à cri, exigeaient un coupable. Ils eussent préféré un étranger à la commune, mais le seul représentant en chaussettes à s'être attardé plusieurs nuits à l'hôtel de l'Europe, et qui eût fait un assassin plausible car il avait l'accent arménien, avait pu facilement prouver que sa présence dans le Paris-Hendaye réduisait à néant les soupçons des accusateurs précoces envisageant la possibilité qu'il ait poussé Monique Poinsard sous le Paris-Hendaye. Beaucoup lui en voulurent d'avoir conservé son billet pour ses notes de frais car, outre son phrasé pas d'ici, la femme de ménage de l'hôtel avait remarqué qu'il chantait des airs d'opéra en allemand et qu'il mettait de la sauce Ketchup sur les haricots verts, alors qu'elle, non. Un syndrome d'anormalité qui, en des temps moins matérialistes, lui aurait valu quelque lynchage civilisé comme on n'en fait plus qu'en Arménie. C'est en tout cas ce qu'elle confia au curé Montagu qui lui dit qu'elle était conne devant la niche de saint Denis dont la tête eût chu d'étonnement s'il n'avait été déjà décapité par une autre vindicte d'autres civilisés.

Du village, il est toujours un idiot qui peut toujours faire office d'assassin de secours quand les représentants pas d'ici font faux bond. A Cérillac, on avait même deux idiots du village, mais, comme disait Jacques, Christian, ça ne compte pas, il n'est pas assez intelligent pour être idiot. Au reste, bien qu'il eût dix-sept ans au moment des faits, le rejet des Rouchon pesait moins de trente kilos, se marchait sur les pieds à chaque enjambée canardeuse (quand il part, on dirait qu'il revient, disait encore Jacques), ce qui réduisait ses échappées en chambre à d'atroces parcours du combattant, entre son fauteuil et son lit, qui le laissaient chaque fois beuglant et brisé sous les sarcasmes autodestructeurs du père et les pleurs de la mère. Décidément non, Christian Rouchon, qui ne savait même pas se masturber sans se mettre un genou dans l'œil, n'avait pas pu commettre ces trois crimes.

Le deuxième idiot du village, en revanche, pouvait faire un très beau suspect de secours. On l'appelait Clinclin Gentlemen. Clinclin parce qu'il claudiquait, et Gentlemen parce qu'il avait été découvert vingt-cinq ans plus tôt, abandonné dans ses langes, sur le siège des toilettes hommes de la salle des fêtes de Cérillac. « Sauvez mon enfant ou tirez la chasse d'eau », pouvait-on lire sur le rouleau de papier cul, probablement de la main de la mauvaise mère, une cynique traînée, scatophile à n'en point douter.

Clinclin Gentlemen était précisément ce qu'on nomme médicalement un crétin. C'est-à-dire qu'il souffrait d'un état pathologique caractérisé par des troubles psychiques qui limitaient sa réflexion à de sobres préoccupations matérielles au-dessous du niveau du cours élémentaire (première année).

On le colla d'emblée à l'Assistance publique de Limoges où il vécut en bonne intelligence, ou plutôt en bonne stupidité, avec le chien du concierge, un bestiau aussi sot, aussi bâtard et aussi boiteux que lui-même, dont il partageait le Canigou avec une chaleureuse fraternité qu'on ne rencontre plus qu'autour des boîtes de corned-beef que les vieux loups de mer ouvrent avec les dents en passant le cap Horn en sens interdit.

Clinclin Gentlemen menait, depuis l'âge de vingt ans, une vie sociale indépendante et sans histoire dont Cérillac n'avait pas à se plaindre, bien au contraire. Robuste et florissant, il aidait aux travaux de la terre, faisait l'éboueur municipal, portait les paquets, et retournait les jardins sans jamais blesser les fleurs qu'il tenait pour un peu sacrées. Il vivait dans un appentis communal, sous les gradins du terrain de football, que la municipalité lui avait accordé. En guise de loyer, il gardait les buts la nuit, et le jour arrosait les soucis des allées. Les dimanches de match, il repassait son béret, s'arrosait d'eau de lavande, et s'installait pour l'après-midi à l'entrée des vestiaires où il riait aux larmes, d'un rire offert d'enfant comblé, chaque fois qu'un joueur lui claquait le dos d'un grand coup de patte en l'appelant Ducon. Le soir, quand ils étaient partis et la fête finie, il s'asseyait en tailleur au milieu de la pelouse, et là, tout seul sous les étoiles, il se mettait à siffler comme seul sait siffler le rossignol aveugle.

Quand la rumeur commença à colporter le nom de Clinclin Gentlemen, Catherine Rouchon, l'abbé Montagu et quelques autres administrés à sang froid alertèrent les pouvoirs publics à l'échelon local et départemental sur l'urgence qui se faisait sentir d'apaiser les esprits.

Le 20 mai, quatre jours après la mort de Monique Poinsard, le gras préfet Moret fit une apparition remarquée au journal télévisé régional. Il avait mis sa veste sombre et sa tête d'honnête homme pour dire sans rire aux familles des innocentes victimes qu'il s'associait à leur peine et que tout allait être mis en œuvre pour que youpi. Il dit aussi l'espoir que la police, dont la ténacité petipatapon. Et puis, quand même, alors que Jacques se demandait si ce poussah luisant était venu là uniquement pour faire chier la maquilleuse de FR3 Limoges, il demanda aux Cérillacais de rester dignes dans leur trouille légitime et aux femmes de se voter des couvre-feux en attendant le dénouement de cette pénible affaire, dont nous saurons surmonter ensemble la terrible épreuve que tagada tagada tsoin.

Le téléphone sonna par-dessus le générique. C'était le préparateur en pharmacie qui appelait le docteur Rouchon de toute urgence. Il venait de découvrir la pharmacienne, sa mère et ses deux filles autour de leur théière, le nez dans les petits Lu. Elles étaient encore tièdes et roses. Agrippé au guéridon où elles avaient posé le sucrier, le petit pot de lait et le dernier ouvrage des laines Pingouin, Clinclin Gentlemen gémissait tendrement.

Chapitre VIII

L'anéantissement du gynécée apothicarial cérilla-cais, survenant deux jours après l'enterrement de la troisième victime du « génocide des Limousines » (Radio-Limoges), ou de la « malédiction périgour-dine » (Radio-Périgueux), suscita bientôt un déli-cieux frémissement d'horreur qui dépassa largement les frontières de cette « pittoresque bourgade aux confins du riant Limousin et du verdoyant Péri-gord » (FR3 Lille).

D'épistoliers vautours s'abattirent alentour, flan-qués de noirs chacals tapis derrière leur zoom fouille-merde. Ils venaient traquer les sanglots, souil-ler les chagrins, pulvériser les douleurs intimes, éta-ler les souffrances des uns, les intestins sanglants des autres, et putasser la mort pour vendre du papier.

Il y avait aussi des journalistes et des photographes de presse. L'un d'eux, François Marro, qui émargeait dans un hebdomadaire de gauche mais intelligent, avait élu domicile chez Boucharoux. Le gros cafetier louait une grande chambre, au-dessus de la buvette, mais seulement six mois sur douze. Le reste du temps, il y entreposait les pommes de son verger et les fromages blancs qu'il confectionnait lui-même et vendait dans son épicerie. Il l'appelait sa chambre normande, parce qu'elle sentait le cidre et la vache, bien sûr, mais aussi en souvenir d'une femelle de Viking égarée dix ans plus tôt sur la route de Sarlat, qu'il avait prise et retournée pendant trois jours et trois nuits et dont il n'oublierait plus les seins lactés, la voix rauque et la rudesse de pillard carolingien qu'elle montrait sous la couette.

— Hum ! Ça sent bon là-dedans, s'écria Marro.

C'était un vrai journaliste. Un ouvrier du fait divers. Il racontait la vie avec un goût du verbe, un respect de la langue, un souci du vécu, une minutie dans le fignolage des portraits humains, qui faisaient de ses articles autant de merveilles artisanales. Aussi, souvent, sur les « bons coups », le papier de Marro tranchait sur ceux de ses confrères, un peu comme une madone de Botticelli dans un présentoir de bondieuseries lourdaises. Court sur pattes mais long de nez, il avait cinquante ans, le costume en flanelle poché des pauvres de race, le mépris du rock and roll, la passion du cassoulet et des œuvres d'Edmond Rostand, et un taux d'alcoolémie suspect.

Autant de distinctions qui allaient le rendre

sympathique à Jacques Rouchon. Lequel, après un premier échange de courtoisies (trois Suze-cass par-ci, trois Picon-bière par-là), l'accompagnait à la chambre normande, derrière Boucharoux soufflant.

— Ce qui sent bon ici, monsieur, dit le cafetier, c'est le souvenir des pommes et du fromage blanc. Figurez-vous que...

— Ça sent aussi le foutre et le drakkar, coupa Jacques, qui ne se lassait pas d'entendre son copain raconter sa chevauchée scandinave.

Le soir même, après avoir visionné deux amygdales et trois foies grumeleux, il téléphonait chez lui pour annoncer à Catherine qu'il ne rentrerait pas dîner, qu'il l'assurait de la profondeur de son amour passé, et la priait d'embrasser le légume pour lui.

Marro l'avait invité à dîner avec l'intention ouverte d'évoquer l'affaire avec lui, si possible en des termes plus chaleureux que ceux de la police dont les spadassins ferraillaient dans le vide, cachant leur désarroi et leur incompétence sous de grands airs mystérieux et préoccupés d'Hercule Poirot de série B.

Jacques, de son côté, avait des choses à dire et il avait envie de les dire à cet homme-là, dont l'élégante désespérance de raté d'élite ne pouvait que le séduire. Ils s'étaient choisi une auberge gourmande, à l'écart du bourg, dont le patron pétait de fierté depuis qu'il avait inventé un foie gras aux cèpes « que le champignon, con, y se détache pas du foie

quand tu le tranches, con ». Il ne prenait pas pour
autant ces grands airs de diva potagère qu'affichent
les petits maîtres de la cuisine nouvelle chaque fois
qu'ils rénovent le concept de la soupe aux choux en
remplaçant le gros sel par du sucre de canne. Par
ailleurs, sa femme Gilberte aimait Mozart et laissait
parfois ses seins lourds se poser un instant sur le cou
des dîneurs, avec, dans le frôlement, des délicatesses
de libellule à faire frissonner le voyageur incrédule
qu'un imperceptible frémissement embrase, sous la
serviette blanche posée sur ses genoux, jusqu'au bout
de sa queue dormante qui n'en croit pas ses couilles
et palpite en son nid chaud comme l'oisillon assoupi
que le retour de la mère fait allonger du cou pour une
orgie nouvelle et qu'il n'espérait plus.

Pendant le dîner, pour s'apprivoiser, les deux
hommes avaient échangé à tâtons des pensées semblables et des goûts communs, comme font les petits
enfants qui, ne se connaissant pas encore, se tou-
chent prudemment les cheveux avant d'oser se prêter leurs jouets quand la glace est rompue.

Aux cigares, entre fromages et profiteroles, ils
s'étaient conquis.

— Ce Clinclin Gentleman...

— Gentlemen, corrigea Jacques, méticulant les
mouches.

— Pardon. Vous le croyez capable d'avoir tué les
quatre femmes Ganaché ?

— Non. C'est un doux, un tendre. Un môme. Il n'a jamais montré ni génétiquement ni incidemment le moindre signe de folie meurtrière. D'autre part, il est trop fragile dans sa tête et trop émotif pour être capable d'organiser froidement un empoisonnement collectif au cyanure. Il n'est même pas foutu d'endormir un soupçon : quand les gendarmes sont arrivés, en même temps que moi, et qu'ils lui ont demandé : « Ce serait pas toi, des fois, Clinclin, qui aurais fait ça ? », il a battu sa coulpe et grimpé aux rideaux. Et quand Granot lui a montré la fiole de poison à moitié vide sur la cheminée, il a cru qu'on n'était plus fâché et il a dit que oui, il avait soif.

— Mais qu'est-ce qu'il faisait chez la veuve à l'heure du thé ? D'après ce qu'on raconte en ville, ces quatre-là, l'ancêtre, sa fille et les deux demoiselles qui préparaient Saint-Cyr, n'étaient pas du genre à boire leur eau chaude avec des imbéciles répertoriés.

Ils rirent ensemble, à cause de Saint-Cyr. En réalité, Chantal et Patricia Ganaché, dont le papa, général de brigade, était mort en héros dans une fatma piégée la veille des accords d'Évian, fréquentaient deux portemanteaux du Cadre noir de Saumur, l'un et l'autre dotés de pommes d'Adam pointues et de beaux regards bleu des Vosges. Aussi chaleureuses que la gravure en noir et blanc représentant « la feuille de vigne attaquée par le mildiou » dans l'édition de 1972 du *Petit Larousse illustré*, et douées d'un sens de l'hospitalité courant chez les planches à clou, les pharmaciennes de Cérillac ne recevaient jamais personne, en dehors des deux fringants susnommés, d'un oncle intéressé qui venait pour l'aspirine et du curé Montagu qui n'hésitait pas à prétexter de fausses extrêmes-onctions pour ne pas y aller.

— C'est tout simple, dit Jacques. Tous les lyncheurs respectables veulent pendre Clinclin à n'importe quel arbre et à n'importe quel prix parce que, c'est vrai, si on ne trouve pas tout de suite un coupable, on va tous devenir fous. Alors, la peur les aveugle. Ils en oublient de penser. Clinclin était chez les Ganaché parce que le chauffeur du car de Limoges, qui livre les résultats de labo à la pharmacie le jeudi soir, avait envie d'aller au bistrot. Il a confié le paquet à Clinclin.

— Et le préparateur ?

— Trinquait chez Boucharoux avec le chauffeur.

— Alors que — j'imagine — quand les mémés sirotent au premier, il est tenu de garder la pharmacie ?

— Exactement. C'est pourquoi le chauffeur et lui étant en infraction par rapport à leur train-train réglementaire n'ont rien dit à la police. Partagés entre la peur mesquine d'un coup de règle sur les doigts et l'éventualité d'envoyer à l'ombre un inno-

cent d'autant plus mûr pour être cueilli qu'il est inca-
pable de se défendre, ils n'ont pas hésité.

— Où va le monde s'il est vrai qu'on trouve
même des salauds chez les pauvres ? soupira sournoisement le journaliste.

Roulant des hanches et roucoulant l'ouverture de
Don Giovanni, Gilberte apparut triomphale, bran-
dissant sous ses seins de Limoges d'irréprochables
profiteroles nappées d'un vrai chocolat noir amer au
goût violent, excessif, exotique, aussi loin des bana-
niaiseries ordinaires que le désert de Gobi l'est
d'Ermenonville.

Les deux hommes prirent le temps de déguster ces
merveilles avant de replonger dans l'holocaustique
saga locale qui les préoccupait plus qu'elle ne boule-
versait Gilberte : sur *l'Enlèvement au sérail*, elle des-
servait.

— Je ne crains personne, avait-elle dit en appor-
tant le sauternes. J'ai ça, avait-elle ajouté, théâtrale,
en révélant, collé à sa cuisse par deux jarretières
rouges, un pétard 11 millimètres du genre à décimer
les brontosaures.

— Finalement, reprit Marro, à part l'unité de lieu
et l'unité de sexe, on tourne en rond. Pourtant,
depuis trois jours que je m'éreinte le cortex sur cette
affaire, j'ai tout envisagé. Je suis allé jusqu'à comparer les dates de naissance des sept femmes, au cas où
nous aurions affaire à un exalté horoscopique aller-

gique à certains thèmes astraux féminins. Je sais, j'extravague, concéda-t-il en voyant Jacques soulever d'incrédules sourcils, mais après tout, si un débonnaire n'était pas allé fouiner, contre tout espoir, du côté de la cuisinière à bois, on n'aurait toujours pas coincé Landru.

— Ce n'était pas plutôt la chaudière à charbon ?

— Je vous en prie...

— Marro, regardez-moi. Je ne suis pas saoul, ce soir. Et bien trop jeune encore, hélas, pour m'être déjà démoli la raison.

— Jusque-là, oui, admit l'autre, à son tour sourcillant.

— Alors, écoutez-moi, votre hypothèse astrologique, totalement irréaliste à première vue, eh bien, je vais vous dire...

— C'est ça, dites-moi.

— Eh bien, votre hypothèse astrologique, à côté de la mienne, c'est du bronze, c'est moins utopique que la hausse des tarifs publics au mois d'août. Voici.

Autant par souci de discrétion que pour bien marquer qu'il était conscient de l'énormité de son propos, il baissa le ton en se rapprochant de son voisin jusqu'à ce que leurs deux nez, précocement lumineux de sanguinité bachique, se touchassent comiquement.

— Savez-vous, monsieur Marro, vous qui êtes cultivé, savez-vous ce qu'est un anophèle ?

— Un insecte... un moustique ?

— Bravo. Plus précisément c'est, avec le cousin, une des deux sortes de moustiques les plus répandues dans le monde. La femelle de l'anophèle est largement plus venimeuse que le sire de Gambais. En tant que vecteur du paludisme, elle a tué des tas de gens et des tas de nègres.

— Sans compter les négresses.

— Évidemment. Ni les handicapés.

— Et alors ?

— Et alors, voilà : chez chacune des victimes, j'ai vu un moustique. J'en ai vu un sur le nez d'Adeline Serpillon. Un autre sur la coiffeuse de Claire Jolly, un troisième sur un exemplaire de *Mein Kampf*, dans les toilettes des Poinsard. Et un quatrième sur le mur gris à fleurs des bonnes femmes Ganaché. Le premier et le deuxième, je les ai vus par hasard, mais, depuis, je les cherche, ajouta-t-il, comme pour s'excuser. J'ai réussi à attraper celui des pharmaciennes. J'ai vérifié dans l'*Encyclopédie entomologique* de Charton-Malague. Je suis formel : c'était bien un anophèle femelle.

— Excusez-moi, mais... euh... qu'est-ce que ça peut faire ? se hasarda Marro, sur le ton doucereux qu'on sert aux fous totaux pour les amadouer en attendant l'arrivée de l'ambulance.

— Vous en voyez souvent, vous, des moustiques tropicaux en déplacement dans le Périgord à la mi-mai ?

— C'est-à-dire que... je ne sais pas, moi. Je ne suis pas mousticologue. Peut-être l'été est-il en avance cet hiver ? se mélangea-les-pinceaux-t-il, troublé par la subreptice déviation vers l'extranormalité qu'avait prise leur conversation.

— Non. Il a gelé dimanche. Croyez-moi, Marro. Un anophèle ici, en mai, c'est aussi improbable qu'un livre de Jean Genet chez un haltérophile.

— Je vous crois, mon vieux. Je vous crois. Mais, encore une fois, où voulez-vous en venir ?

— Claire a été piquée par un moustique. Elle en portait la boursouflure au bras quand on l'a sortie du puits.

— Ce n'est pas le moustique qui l'a poussée dedans, dit Marro, ébranlé.

— Non, ce n'est pas non plus un moustique qui a mis du pas-bon dans le Twinings-tea à la bergamote des mémés Ganaché. Mais, accrochez-vous : toutes les quatre ont été piquées par cet insecte.

— Adeline Serpillon aussi ?

— Je ne sais pas. C'était la première. Je n'ai pas pensé à vérifier avant qu'on l'enterre, et maintenant, il serait trop tard. Mais j'ai tout lieu de penser qu'elle a été piquée elle aussi. Quant à la Poinsard, elle était dans un tel état... autant chercher un symptôme de rubéole dans un steak tartare...

— J'avoue que c'est extrêmement troublant, mais ça ne change rien aux faits. On a toujours sept mortes assassinées, rien que des femmes, et on ne sait toujours pas par qui. En revanche, on sait par quoi. Et le paludisme n'y est pour rien.

— J'ai fait prélever un échantillon de sang de chacune des Ganachettes. J'aurai les résultats d'analyse demain.

— Ah bon. Dites-moi, docteur, ironisa Marro, si c'est bien le palu, c'est grave pour elles, ou vous pensez qu'elles ont une chance de s'en tirer ?

— Si c'est bien le palu, dans nos régions, en cette saison, ça peut être aussi grave que le retour de la peste. Si ce n'est pas le palu, c'est peut-être autre chose.

— Le phylloxéra des Périgourdins ?

— Ou l'hydropisie des femmes de chambre.

L'allusion à Jerome K. Jerome les ayant remis en joie, ils décidèrent, de crainte qu'elle ne retombe, de se défoncer au vieux marc en attendant la fermeture. Un peu avant minuit, un cri voisin les ébroua. L'aubergiste venait de découvrir sa Gilberte pendue dans le cellier au bout d'une corde blanche nouée au gros crochet rouillé où l'on laissait jadis le cochon se vider de son sang.

L'étrange panorama de ses cuisses blanches

dodues, avec cette arme à feu luisante serrée contre la peau, aurait fait une superbe affiche pour un film noir. Mais la femme avait la tête ficelée dans un sac en plastique des Nouvelles Galeries, et ce seul détail suffisait à ôter à la scène l'authenticité pathétique qu'on était en droit d'en attendre.

Quand le docteur Rouchon dénoua le sac, un moustique énervé s'en échappa vivement.

Chapitre IX

C'était trop. La peur crochue crochait les nerfs en boule. Les femmes du bourg commencèrent à dévaster les rayons alimentaires du supermarché avant de s'aller barricader dans les boîtes à dormir de leurs F3, les cuisines basses de leurs fermes anciennes, les cubes anonymes de leurs bidons Phénix. Les hommes astiquaient les tromblons, ressortaient les pétoires à boche et les fusils à lapin. Les représentants en encyclopédies pas chères gambadaient sous les plombs en gloussant, indignés, dans les soucis jaunes des bordures que leurs escarpins des villes froissaient rudement.

Des flics de tous les acabits, de tous les uniformes avaient investi la bourgade. Vus d'hélicoptère, on eût dit qu'ils en cernaient les abords dans les maillons d'une chaîne métallique étincelante formée de leurs casques d'acier au soleil. Un deuxième cercle enfermait le premier, plus terne et plus nombreux, plus houleux et fébrile : les gens de presse, avides, assoiffés, déshydratés, exsangues, dont les blocs-notes taris ne se nourrissaient plus que de points d'interrogation ; et puis la foule anonyme du peuple de France, bien collée ventre à cul par grappes puantes d'imbécillité féroce, avec des Polaroïd pour filmer du sang, du sperme et peut-être du pus, et des enfants petits épuisés sur ses épaules carrées de peuple travailleur aux muscles injectés de pastis mortels et de mauvais vins noirs, le peuple populaire indécrottable et meuglant, aux yeux soufflés cholestériques éperdus de voyeurisme sale, le peuple si massif et si peu aérien, et si naïf aussi, le peuple définitif qui croit vraiment que c'est lui qui a pris la Bastille et gagné à Verdun.

Le lendemain de la mort de Gilberte, le ministre de l'Intérieur vint à Cérillac pour montrer son émotion à tous les passants. Le député de Haute-Vienne, habituellement plus socialiste qu'humain, et celui de la Dordogne, moins fraternel que centriste, étaient exceptionnellement bouleversés et convenus l'un et l'autre qu'il eût été obscène de politiser l'affaire. Alors qu'en fait ils auraient bien aimé, mais ils ne savaient pas comment. Ni notaire gras, ni militant syndicaliste, ni promoteur cossu, ni stalinien, ni force d'argent, ni faction rouge, ni notable corrompu, pas même un détraqué de type maghrébin, rien ni personne ne permettait l'éclosion de la moindre magouille démagogique, dans ce mystère profond, plus noir et ténébreux que l'insondable trou des trous.

Seules les féministes — pas les vraies : celles à moustache — parvenaient à remuer çà et là quelques bigotes ovariennes aux seins bandés, en leur faisant miroiter le postulat prématuré selon lequel c'était forcément les diablabites qui avaient fait le coup.

Raisonnablement trouillarde, Catherine Rouchon n'attendit pas la nuit pour aller chez Boucharoux retrouver son mari si brisé qu'elle aimait encore un peu. Sur le chemin, elle passa par le presbytère pour arracher le curé au cercle de ses grenouilles du soir. En l'occurrence, le cercle était fermé. Seule la femme Labesse, une grosse bête à bon Dieu très portée sur l'encens, avait osé quitter sa boucherie pour venir lécher Dieu dans le but purement égoïste qu'il l'épargnât dans la terrible épreuve qui frappait les pécheresses locales.

— Ce que c'est que de nous. On est bien peu de chose, monsieur le curé, geignait-elle, très influencée dans sa recherche de l'aphorisme plat par vingt ans de mariage avec un expert.

« Parle pour toi, connasse, pensa Catherine, et lâche-nous la soutane. »

Pendant qu'à la mairie les élus du peuple ramaient

dans le brouillard, paralysés par le manque d'élan passionnel et l'incompétence de cœur qui caractérisent les hommes politiques et les différencient des missionnaires, on n'avançait pas très vite non plus chez Boucharoux, où Labesse tentait de vendre son idée de protéger les femmes de Cérillac en les enfermant toutes ensemble en un même lieu, autant dire un lieu commun, dont il défendait le principe en vertu de l'adage éculé qui veut que plus on est de folles, plus on rit.

— On les parque dans le stade, avec des miradors aux quatre coins, des bergers allemands et des gendarmes qui patrouillent, et des barbelés autour...

— ... Et on crie halte en allemand, en russe ou en espagnol s'il y en a une qui fait mine de se sauver, précise Jacques.

— Vous avez tort de vous moquer, docteur. C'est la seule bonne idée. On installe des tentes et des sanitaires. Le matin, je livre la viande...

— ... Plus trois cents sandwiches aux journalistes.

— Oui. C'est la seule bonne idée. Marcel, remets-nous ça. Boire un petit coup, c'est agréable. Un vin de messe, curé ?

Ils appelaient « vin de messe » un muscadet sur lie que Boucharoux réservait en priorité à l'abbé parce que l'étiquette mentionnait le nom du « négociant à l'Élouyat (Loire-Atlantique) ».

— Un vin de messe, confirma l'abbé. Merci. Mais je n'approuve pas votre solution concentrationnaire, monsieur Labesse. Elle ne tient pas compte de l'avis des Cérillacaises. D'autre part, elle entérinerait en quelque sorte un état de crime comme on accepte un état de guerre. Ce qui ne pourrait qu'accentuer la tendance à la panique et flatter la vanité de l'assassin.

— Tout en lui facilitant peut-être la tâche au cas où il procéderait par bombardement aérien lors de sa prochaine manifestation, dit Catherine.

— Ce serait bien dans ses méthodes et digne de son éclectisme, reconnut Jacques qui soutenait toujours sa femme dans les cas de force majeure.

Un silence pesant, à peine troublé çà et là par le chœur imperceptible des glouglous hypoglottiques, s'abattit sans prévenir sur le zinc encombré. Tous pensaient la même chose et sentaient bien que les autres pensaient la même chose qu'eux. Pour la première fois, ils avaient tenté tout haut d'ébaucher ensemble une esquisse de la personnalité d'un assassin possible, mais ils savaient qu'ils n'iraient pas plus loin, parce que, pour l'entendement moyen, aucun être humain, normal ou pas, ne pouvait entrer dans le cadre d'un portrait-robot habituel. Huit mortes et aucun mobile, aucun indice, rien de palpable qui pût sembler digne, ou même indigne, d'une action perpétrée par un Homo sapiens. Rien. Des femmes qui

tombent et des moustiques hors saison qui vrombissent autour. Et rien.

Marro descendit de sa chambre fruitée pour frot-
ter sa solitude à la chaleur du bar, mais il n'y perçut
qu'angoisse blanche et peur sacrée. Jacques lui dit
que les analyses de sang des victimes ne révélaient
rien non plus. Les anophèles pompaient les globules
de ces dames dans le seul but de se nourrir. Pour
trouver la force de survivre. Pour faire des petits,
futurs pompeurs. La condition humaine, en somme.
Mais pas la moindre trace de sale bestiole micro-
scopatte génératrice de maux exotiques ou de fièvres
étranges.

— N'empêche que ces moustiques sont notre seul
lien entre tous ces meurtres, s'obstinait Jacques.

— Peut-on seulement prouver que les femmes
ont été piquées avant leur mort ? hasarda Marro.

— Non, reconnut Jacques, violemment ébranlé
sans savoir vraiment pourquoi. A la rigueur, elles
ont pu être attaquées par les moustiques juste après
leur mort. Et puis, après tout, qu'est-ce que ça
change ? Qu'est-ce que ça prouve ?

— Ça prouve tout simplement, monsieur Rouchon, que, de la même manière qu'il y a des mouches à merde, il existe des moustiques à mortes.

— Désolé. Dans la chambre de la mémé victime d'une crise cardiaque ce matin à l'hospice, il n'y avait pas de moustique. Et, croyez-moi, j'ai bien regardé.

— Un moustique, c'est moins gros qu'un hippopotame rose. Tu auras peut-être mal vu, mon amour, dit Catherine.

L'hippopotame rose était une connivence entre eux. En souvenir d'un voyage en Afrique où ils s'étaient vraiment aimés comme dans les livres d'Hemingway, avec de la fureur et des couchers de soleil partout ; c'était le seul animal mythique dont il acceptait la présence dans le lit conjugal au cœur de ses plus fortes cuites.

Chapitre X

Les Cérillacais n'étaient pas peu fiers de leur château fort. (On a vu des châteaux d'eau moins pittoresques, disait Jacques.) C'était une espèce de tour de Pise, mais droite, et plus sobrement percée de cent meurtrières. Il dominait virilement la ville haute de ses trente mètres de pierres jaunes et de ses huit siècles d'existence, perché, roide, impavide malgré huit cents hivers, cent ans de guerres métalliques et cent mille imbéciles qui avaient souillé son âme de leurs graffiti indigents pour signifier à la postérité qu'ils aimaient Loloche ou que Bergougnier est un con.

En 1198, le sire Joël de Bugosy, allié de Richard Cœur de Lion contre Philippe Auguste, trouva une mort atroce devant les remparts de Cérillac. Déliquescent d'ennui après quatorze mois de siège, il était occupé à sodomiser un barde écossais sous sa tente quand un boulet de canon ennemi lui avait défoncé définitivement le fondement. Curieusement, moins d'un an plus tard, devant le château voisin de Châlus, le roi Richard lui-même défunta d'aussi grotesque manière, son cul de lion percé par le trait d'un archer alors qu'il chiait courageusement à cinq cents pieds du fort, près d'un rocher qu'on peut encore y voir et qui garde le nom de « la pierre à Richard ».

Pendant la guerre de 1939-1945, les Allemands avaient trouvé rigolo d'installer leur poste de commandement dans le château de Cérillac dont l'exquise austérité leur avait plu d'emblée. Ils y vécurent assez bourgeoisement jusqu'à la Libération. Jamais pris en flagrant délit de tapage nocturne grâce à l'épaisseur des murailles, ils n'en profitèrent pas pour dépecer abusivement les rares patriotes mous du canton qui, pour la plupart, ne tarissaient plus d'éloges sur l'amitié franco-allemande dès qu'ils apercevaient les instruments d'équarrissage rudimentaires et formidables de la salle de torture. Chaque matin, les fiers Teutons partaient traquer le maquisard. Chaque soir, ils rentraient le casque plein de girolles, de cèpes ou de châtaignes, selon la saison. Pour tuer le temps, ils avaient installé l'électricité au château.

Ainsi donc, c'était un beau château, avec tout le confort guerrier, et la lumière pour ceux qui savaient lire. D'un commun accord, les notables officiels et les ivrognes officieux décidèrent d'y héberger celles des femmes du village qui en feraient la demande, afin qu'elles s'y barricadassent clefs en main en attendant des jours meilleurs et des nuits plus sûres.

L'idée fut accueillie avec enthousiasme par une centaine de Cérillacaises flageolantes de terreur. Cinq cents autres avaient déjà quitté la ville pour aller se cacher derrière leurs plus lointains parents, leurs plus inaccessibles amants, voire leurs plus exotiques beaux-frères que les amibes ravagent à Cotonou. L'armée fut réquisitionnée pour prêter des lits de camp qu'on répartit dans les communs, dans la grand-salle des festins et jusque sous les canons. On entassa des vivres dans cinq congélateurs aimablement prêtés par les Établissements Leroux-Briquet, 17, rue de la Tourtière, téléphone : 55-19-31, fermés le dimanche et le lundi matin, pose et entretien assurés. L'eau courante, grâce à la Wehrmacht, poserait d'autant moins de problèmes que, selon l'expression délicate de Marcel Boucharoux, « quand on a les miches à zéro, on n'a pas besoin d'eau chaude pour se laver le derrière ».

Le 27 mai, deux jours après la mort de Gilberte, ces dames investissaient en frémissant ce haut lieu stratégique où tant de mâles esseulés avaient astiqué tant de glaives et lustré tant de fûts qu'une mâle odeur de salpêtre humide et d'humeur d'étalon semblait encore suinter des murs sombres et râpeux comme des joues d'Espagnol.

On vit alors le château mort ressusciter soudain de toutes les chaleurs de toutes les femmes... Il y en avait de vieilles, avec des seins par terre et des yeux plus d'ici. Des vieilles trébuchantes et froissées, fléchissant vers la terre pour bientôt s'y répandre. Des vieilles à la colonne cassée d'avoir trop donné de coups de reins pour avaler des hommes. Des vieilles qui avaient porté des petits fort précieux qui sont morts en voiture ou commerçants douteux. Des vieilles qui s'assoient sur leur seuil aux plus chauds soirs d'été pour guetter leur dernier hiver en regardant tomber les feuilles rouges s'égouttant des troncs secs, une à une, à gouttes silencieuses comme leur vie qui fuit. Des vieilles oubliées que leur homme a quittées voilà déjà huit ans, en vertu des statistiques officielles, et pour nourrir les cardiologues.

Et des jeunes aux seins durs, qui marchent large et les yeux droits devant. Leurs dents sont pour les pommes et leur ventre plat. Elles sont la seule raison du monde parce qu'elles ont le droit de vie et la force d'éclore dont le roquet couillu qui les grimpe n'est qu'un vecteur interchangeable.

Et des petites filles aussi, qui rient comme des ruisseaux, qui sautent à la marelle avec des grâces que la danseuse étoile ne saura plus revivre, qui chantent en cristal et qui s'ennuient déjà poliment avec les fusils de la guerre pour de rire.

Des femmes en somme.

Le soir de leur installation précaire, elles ripaillè-rent bruyamment dans la salle des gardes, puis mon-tèrent toutes ensemble, les vieilles, les jeunes et les petites filles, tout en haut de la tour où, de la ville basse, on les vit danser la farandole jusque tard dans la nuit.

Dansent, dansent, les femmes qui dansent, super-bement insensibles aux moustiques hors saison qui vrombissent autour d'elles et les agacent à peine de leurs dards infimes.

Chapitre XI

Les cris et les rires du château n'arrivaient pas jusqu'à Catherine qui s'était calfeutrée dans son bureau pour y terminer un essai thématique sur le déviationnisme des écrivains chinois entre la fin de la Révolution culturelle et l'ouverture de la première boutique Pierre Cardin à Shanghai. Grattait, biffait, raturait, soupirait, n'aboutissait point. « Je n'aime pas écrire. J'aime avoir écrit. » Cette réflexion de Paul Morand l'obsédait tout à fait, cette nuit-là plus encore qu'à l'ordinaire. En réalité, elle était glacée de peur. Individualiste forcenée, elle avait catégoriquement refusé de faire partie du gynécée concentrationnaire d'en haut. Elle fuyait les rassemblements de plus d'une personne, renonçait aux échecs à cause du trop grand nombre de joueurs, abhorrait la promiscuité des croisières au point de plonger des vaporetti en marche entre San Marco et la Giudecca, considérait, en exceptionnelle harmonie avec le défunt moustachu libertaire que la camarde n'emporta pas au paradis, qu'il valait mieux s'emmerder tout seul que d'être heureux avec les autres, et tenait la démocratie pour la pire des tyrannies dans la mesure où elle impose la dictature du plus grand nombre.

Mais, pour être individualiste, on n'en est pas moins perméable à l'effroi. Et, cette nuit-là, Catherine Rouchon sentait monter en elle une panique intolérable, obtuse et résolue comme un boa froid. Elle était seule dans la maison avec sa progéniture flétrie. Jacques était au bistrot Boucharoux.

Le bistrot Boucharoux, c'était sa tente à oxygène, ses pantoufles, son valium, son île, sa maîtresse, son feu de bois, son église, son pouf, son terrier, son nid et le dernier quart d'heure de la récré avant la reprise de la descente aux petits enfers de la médiocrité quotidienne.

Elle n'allait pas s'abaisser à l'appeler pour lui dire qu'elle avait peur dans le noir. Ah non. Ah si. Ah bon.

— Attendez, je vais voir s'il est là, osa éructer Boucharoux, alors même que le brame insoutenable de Jacques décimait le chœur des esclaves de Nabucco jusqu'à vriller le tympan de Catherine à travers l'écouteur.

— Jacques. Je t'en prie. Rentre à la maison.

— Quelle maison ?

— Je t'en prie. J'ai la trouille. Viens.

— Ma pauvre chérie. Que veux-tu qu'il t'arrive ?

— Jacques. Arrête. Je t'en supplie. Arrête. Huit bonnes femmes sont mortes ici depuis trois semaines. Il n'y a pas de raison pour que ça ne continue pas. J'ai vraiment peur.

— Rien ne t'empêchait d'aller faire sœur Anne avec les copines. Oh, putain, j'ai mal au crâne. Je crois que l'alcool m'a fait des trous dans le cortex par lesquels ma cervelle confite dégouline dans mes sinus. Je vais bientôt mourir. Tu devrais essayer de m'aimer.

— Pauvre con. Salaud. Tu es pourri. Oui, tu es pourri, Jacques.

— Dis donc. Tu sais que... si tu as la trouille, j'ai un truc...

— ...

— Tu sors Christian de son petit lit...

— Non. Arrête.

— ... L'avantage, c'est qu'il est tout mou. Tu te le colles sur le ventre, tu te le noues en soutien-gorge, ça te fait un gilet pare-balles. En plus, il est tellement vilain qu'il fait peur aux mouches. Alors, tu penses, les moustiques...

— Mon pauvre Jacques. Pauvre malade. Tu es laid. Tu es minable. Tu sens la bière à travers le téléphone. Salir un peu plus cet enfant cassé que tu m'as fait... Il est de toi. Il est de tes couilles. Tu fatigues tout le monde avec ton humour noir et tes grand-guignoleries d'externat. Il y a plus d'imagination et de fougue créatrice dans les platitudes de ton ami Labesse. Tes lieux communs puent la mort triste. Tu as le désespoir ennuyeux, Jacques Rouchon, tu m'emmerdes. Cuve et crève ! Je ne te salue pas.

Elle se meurtrit les métacarpiens en raccrochant le combiné. S'abattit sur son lit, la tête au creux des bras, avec des sanglots courts d'adolescente trahie, mêlés à un fou rire sporadique, parce qu'elle se trouvait aussi ridicule que les trois cents femmes qui s'abattent sur les trois cents lits, leurs trois cents têtes au creux de leurs six cents bras, dans les trois cents films du cinéma mondial qui n'a jamais su montrer un désespoir féminin ailleurs que sur une couette. De rire de son malheur lui fit un peu de bien. Elle s'en voulait légèrement d'avoir si rudement rabroué l'humour noir de Jacques, alors qu'elle-même, en toute bonne foi, riait couramment du pire pour l'exorciser, parce que le rire, elle en était sûre, c'est la dernière bouée. Celle à laquelle se raccroche encore le prisonnier du camp de la mort qui ne peut s'empêcher de pouffer aux portes de la chambre à gaz parce que son pantalon lui tombe sur les chevilles.

Et puis la peur la reprit, en plein ventre, avec des vagues électriques qui lui remontaient dans le cou. Elle entendait distinctement les marches craquer sous le poids colossal d'un étrangleur borné, elle voyait nettement les rideaux frissonner au souffle retenu d'un vampire à jeun. Elle avait la peur comme on a la grippe. Ça ne pouvait pas passer tout seul. Elle se fit un grog explosif et saturé d'extravagances, avec de l'armagnac et du cointreau, de la liqueur de mandarine et du sirop de bambou, et se coula dans un bain chaud. La tiédeur de l'eau, l'euphorie de l'alcool, la caresse distraite de sa main à son ventre lui mirent un peu le feu aux joues en même temps qu'une envie formidable de faire l'amour l'envahissait. Elle n'était plus soudain que la conscience exquise de son propre désir et la concupiscence exclusive de son embrasement.

Elle appela Alain et il vint aussitôt, avec son gros désespoir de veuf inconsolable et son corps évident d'harmonie musculaire.

Chapitre XII

En raccrochant, Jacques s'était senti plus moche et puant que d'habitude. Elle avait dit : Cuve et crève ! Un impératif présent auquel il obéit aussitôt en se servant un Picon-bière. Boucharoux, à ce stade avancé de la déliquescence du médecin, ne s'embarrassait plus de simagrées larbiniques. La bouteille de liqueur sombre et dix canettes embuées s'alignaient maintenant sur le zinc où Jacques puisait tout seul à la source amère de son assommoir, en fermant un œil pour mieux viser le verre. A minuit, Labesse se poussa laborieusement vers la rue sans manquer de préciser que quand faut y aller faut y aller parce qu'avant l'heure c'est pas l'heure et après l'heure c'est plus l'heure, à l'intention du patron qui n'entendit d'ailleurs pas, son ouïe tout entière accaparée par le brouhaha caverneux et les bouillonnements obscènes et grondants du mousseux indigne éructant de sa panse avancée.

Adossé au juke-box pré-kennédien sur la banquette du fond, le journaliste Marro tentait en vain d'accommoder sa presbytie éthylique à la lecture de *Paris Match* dont le poids des mots semblait l'écraser. « Cérillac : l'horreur », titrait la double page centrale au-dessus d'un document exclusif exhibant, à gauche, Gilberte l'aubergiste pendue dans ses communs avec son sac des Nouvelles Galeries sur la tête sur fond de conserves et de bouteilles vides, et, à droite, la même, dépendue, couchée par terre, avec cet air idiot des morts aux yeux mi-clos. Elle tirait une grosse langue moirée de marron-mauve, effet désastreux d'une polychromie baveuse. Au terme d'un encadré fumeux qui jouxtait cette scène pimpante de la vie rustique dans le Sud-Ouest, le plumitif embarrassé révélait en substance à ses lecteurs que tout, dans cette affaire, accablait la corde. Les pages suivantes montraient les portraits des autres victimes. « C'était la photo du bonheur », affirmait la légende, sous le portrait-souvenir du mariage de la femme Poinsard avec son souffre-douleur, dont le regard résigné donnait plutôt à penser que c'était l'image du malheur. La gorgone serrait sévèrement cet homme de bien sur son giron déjà austère, montrant de la sorte un sens aigu de la propriété peu compatible avec l'altruisme partageux prôné par sa religion moscoutaire. Plus émouvante était l'image d'un pique-nique bucolique où Chantal et Patricia

Ganaché en costume de bain sous un parasol blanc, sur fond d'Atlantique apaisé, riaient carrément à la vie, avec de l'espoir aux yeux et des seins partout.

— Les filles, c'est plus bandant quand c'est vivant, affirma Jacques en se posant lourdement sur la banquette, à côté de Marro.

— Ça dépend.

— Comment ça ?

— Il y a des types qui trouvent que les filles, c'est plus bandant quand c'est mort.

— Je te crois pas.

— Regarde toi-même, reprit Marro en collant son journal ouvert à la page des faits divers étrangers où il apparaissait qu'un infirmier trentenaire de l'hôpital civil de Memphis (Tennessee) tuait le temps en violant les défuntes encore tièdes dont on lui avait confié la toilette mortuaire.

— Les jeunes ne respectent plus les mots, soupira Marro dans un souffle tremblé de gnou frigorifié.

— Tu veux dire : les morts ?

— Non. Les mots. Les jeunes journalistes ne respectent plus les mots. Ce type écrit que l'infirmier violait les mortes. Violer, c'est imposer par la contrainte. On ne contraint pas un macchabée.

Marro cultivait, même au plus profond de ses cuites, une passion maladive pour la langue. Il avait le respect démodé du mot juste et vénérait Vaugelas en pleine ère vidéo. Cet homme aux dehors ursidés était capable de tomber amoureux pour un subjonctif bienvenu derrière un verbe étrange et lancé d'une bouche anodine dont les lèvres lui semblaient alors écartées pour d'inestimables luxures. Par voie de conséquence, il affichait un mépris tonitruant pour le triomphalisme pédant de la médiocrité culturelle en marche, dont la dégénérescence du langage était le plus beau fleuron.

Jacques se prit à aimer cet homme archaïque dont l'ardeur linguistique donquichottesque lui paraissait poétique à force de désuétude. Au bord de la guerre des étoiles et de la mort à neutrons, il lui semblait émouvant qu'un homme encore fût prêt à prendre les armes pour défendre un accord de syntaxe. Il le lui dit.

Ils s'étreignirent gravement comme il sied aux ivrognes émus, et retrinquèrent laborieusement à la santé du petit Robert, en vouant aux abysses les fossoyeurs des accords de temps, les bredouilleurs officiels et les époumonés faméliques de la chanson francophone qui tiennent leurs flatulences buccales pour des licences poétiques et leurs permis de glousser pour des agrégations de lettres.

— Il vaut tout de même mieux sauter une conne morte tiède qu'une conne vivante froide, dit soudain Jacques.

Il pensait douloureusement à Catherine et aux horreurs qu'il lui avait soufflées au téléphone. La conscience de son délabrement le submergea soudain.

— J'ai envie de vomir, hoqueta-t-il. De me vomir. Tu n'imagines pas comme c'est dur à vivre. Quelquefois, ça me prend tout éveillé, sur mon lit, plutôt vers l'aube, quand l'idée d'affronter un jour de plus me révulse. Révulser, c'est le mot. J'ai la sensation tangible que mes pieds m'entrent dans les jambes, mes jambes dans le ventre et ainsi de suite jusqu'à ce que je me dégueule...

— Nom de Dieu, brailla Marro à la cantonade, au demeurant désertée, à un Boucharoux près. Oyez, cabaretier. Qui s'en serait douté ? Mon ami ici présent, cette honte des caducées, cet amoindri d'Esculape, le bon docteur Rouchon est réversible. N'est-ce point étrange ?

— Ta gueule, Marro. Je ne suis plus loin du delirium. Je crois bien que je vais mourir.

— Là, maintenant, tout de suite ?

— Parfaitement. Je vais mourir.

— La camarde l'étreint.

— Plaît-il ?

— La camarde t'étreint. C'est âpre.

— C'est pire qu'âpre. C'est acide.

— C'est la bière.

— Ce garçon a raison. C'est la bière, répéta-t-il en plongeant un Alka-Seltzer issu de sa trousse dans son verre entamé qui s'enorgueillit aussitôt d'un débordement mousseux ocre sombre.

— C'est beau comme l'écume noire aux commissures des lèvres d'un ancien fumeur épileptique, rota Marro.

— Hein ?

— Un ancien fumeur épileptique, c'est comme un épileptique normal sauf que ça suce des cachous pour pallier le manque de tabac. Sinon, pourquoi voulûtes-vous que l'écume de ses commissures fût noire ?

— Je bois à la justesse de ce raisonnement, dit Jacques en éclusant cul sec l'impossible brouet.

— C'est meilleur ?

— C'est... c'est plus doux.

— Normal. Acide + base donne sel + eau.

— Je ne vous le fais pas dire..

Il sentait monter sa détresse et la débâcle dans son ventre. Un zeste pointu de lucidité lui commandait d'arrêter ses pitreries morbides, de rentrer chez lui, d'aller soutenir Catherine. Mais non.

— Cornecul, pourquoi survivé-je ? demanda-t-il au lustre néopompidolien dont la seule présence au plafond avait suffi à faire de ce triste bistrot un café tout à fait sinistre.

— Pourquoi survit-il ? bredouilla l'autre survivant.

— Pourquoi la mort s'acharne-t-elle sur nos fem-

mes au lieu de m'emporter dans ses bras décharnés
vers l'oubli définitif de toute absurdité...

— Parce qu'elle ne peut pas. A cause de la
faux.

— Quoi, la faux ?

— Elle peut pas te prendre dans ses bras décharnés. Il y a déjà la faux.

Un rire plus vain qu'un espoir en la gauche les fit
longuement tressauter sur la banquette.

— On ferme, décréta Boucharoux éjecté de sa torpeur par cet écart d'hilarité.

Chapitre XIII

— Je vous ferai votre piqûre demain dans la mati-
née, monsieur Andrieux ; ce soir, je suis trop
saoul.

— Tu te donnes bien trop de peine pour une
vieille bête comme moi, docteur, dit le garde fores-
tier en retraite, en regardant affectueusement le
médecin occupé à essayer de refermer sa sacoche
sans tomber dans le feu de bois.

En sortant de chez Boucharoux au milieu de la
nuit, Jacques avait décidé de passer par le bois du
Grand Chênier. L'arythmie cardiaque du bonhomme, insomniaque et déjà à demi impotent,
l'inquiétait depuis quelque temps. Ce vieillard finis-
sant était un de ses rares vrais amis. C'est lui qui lui
avait appris à ferrer la tanche, à repérer les nids de
chanterelles sous les châtaigniers, à parler aux mer-
les, à faire cuire la tourtière, à écouter vibrer la vie

suspendue aux nuits orageuses de juin. L'idée que ce vieux-là pût mourir le désobligeait.

C'était son vieux. Il était fier et digne, et savait les vraies choses. Chenu, blanc de moustaches aussi, il avait la peau rose et lisse et le regard bien droit. Sa voix, profonde et grave, belle comme un cor au bois, foutait la trouille aux loups. Il en usait à bon escient, pas pour massacrer des bourrées comme un con folklorique sur FR3-Régions, mais simplement pour chanter aux veillées de novembre en regardant les châtaignes s'éclater sous la braise. Il était beau comme un druide irlandais.

Pour se dessaouler un peu, Jacques avait laissé sa voiture à l'orée du bois et parcouru à pied le petit kilomètre de sentiers qui le séparait de la maison d'Andrieux. Au retour, il ne parvint pas à redémarrer. Et la rage le prit, parce que tout à coup lui revenait, en même temps que le courage de se voir en face, l'inquiétude mortelle de savoir Catherine loin de lui, exposée à l'incroyable génocide féminin qui s'étendait sur la ville. Aussi doué pour la mécanique qu'un manchot hydrophobe pour la brasse papillon, il entreprit de se calmer les nerfs en tapant du poing sur la carrosserie de la voiture, avant de soulever le capot de guerre lasse et, à tout hasard, dans le vague but de compter les moteurs.

— Vous fatiguez pas, mon vieux, dit une forte voix mâle qui venait du sous-bois. C'est la durit.

L'homme qui parlait ainsi, et qu'une lune aimable dans un ciel bleu pétrole éclairait doucement, parut à Jacques essentiellement quelconque. Taille moyenne, âge moyen, il avait une silhouette oubliable sur une tête impossible à retenir. Bref, un être plausible jusqu'à l'écœurement, vague comme un cousin.

Curieusement, cet être banal était enfermé dans un imperméable et tenait au-dessus de sa tête un parapluie noir ouvert, attitude surprenante au milieu d'une nuit belle et bleue où nul stratus ne cumulait.

— Qu'est-ce que... Qu'est-ce que vous faites là ? s'enquit Jacques.

— Vous noterez que je pourrais m'estimer en droit de vous retourner la question, dit l'homme.

— Je vous prie de m'excuser, monsieur. Vous m'avez surpris.

— Pour votre voiture, vous cassez pas la tête. C'est la durit.

Jacques avait toujours pensé que la phrase « c'est la durit » était une expression coutumière de politesse chez les automobilistes. Comme « bon appétit » chez les dîneurs, ou « à la tienne Étienne » chez les buveurs. Son ignorance crasse et son mépris profond de la technique du moteur à explosion ne l'autorisaient même pas à se demander ce que signifiait le mot « durit » dans l'expression « c'est la durit ». Pas plus qu'il ne s'était jamais inquiété de savoir qui était Étienne dans l'expression « à la tienne Étienne ».

— Et alors, qu'est-ce qu'elle a ma durit ?

— Je l'ai mangée. Je sais, j'ai eu tort. Mais c'est plus fort que moi. Un peu plus, je bouffais vos pneus. Seule votre irruption inopportune en ce sous-bois m'en a empêché, borborygma-t-il en un rot abyssal. Je vous prie de m'excuser. C'est le bruit de mon estomac qui transforme le caoutchouc de votre durit en lipides, glucides, protides et sels minéraux. Surtout en glucides. Les glucides sont antidépresseurs. J'en abuse pour bafouer mes angoisses. Pour l'heure, monsieur, elles sont terribles.

L'attitude sommairement banlieusarde du personnage contredisait le désarroi de son propos. Son bras sans parapluie négligemment agrippé à une branche au-dessus de sa tête, il se maintenait mollement debout sous un arbre, dardant sur rien un regard obstinément pas là qui achevait de faire de lui la caricature d'un travailleur du soir dans son métro du retour.

— Quelles angoisses ? insista Jacques qu'une panique intérieure commençait à submerger.

— L'imminence de la pénurie de caoutchouc sur Ficus.

— Ficus ?

— C'est le nom de ma planète.

— Bon. Écoutez, mon vieux. Vos conneries, maintenant, ça suffit. Rendez-moi ma durit et foutez le camp.

L'incohérence des propos de l'inconnu, l'incongruité de sa vêture hors saison, l'absurdité globale de la situation amenèrent Jacques à se pincer discrètement la cuisse à travers sa poche pour s'assurer qu'il ne rêvait pas. Il connaissait trop bien les symptômes du delirium tremens, agitation désordonnée, tremblements convulsifs, état fiévreux, dont il appréhendait avec une joie malsaine de voir apparaître en lui les premiers signes alarmants, pour être certain que ce n'était pas en train de lui arriver. Les intoxiqués alcooliques atteints de delirium vivent, en outre, un délire onirique plus souvent peuplé de brontosaures bicéphales ou de rats morveux couverts d'impétigo que de fonctionnaires quadragénaires noctambules.

— Je ne suis pas fonctionnaire et j'ai beaucoup plus de quarante ans, dit l'inconnu en souriant doucement.

— Nom de Dieu. Mais... Vous... Vous lisez dans mes pensées, s'exclama Jacques, de plus en plus inquiet.

— Mais non, mais non. C'est vous qui venez de parler à haute voix. Calmez-vous, mon vieux.

— C'est que vous avez l'air — n'y voyez nulle

intention offensante —, vous avez l'air si... si singu-
lièrement inhumain.

— Il est de fait que je ne suis pas n'importe qui, se
rengorgea l'étrange anachorète sylvestre nocturne en
comptant ses ongles d'un œil suffisant. Si vous voulez, je puis, à l'instant, me métamorphoser sous vos
yeux pour vous en convaincre, suggéra-t-il aimablement. Vous plairait-il que je me transformasse...
en... je ne sais pas, moi... en bouteille de château-
neuf-du-pape ?

— D'accord. Château de La Gardine, de préfé-
rence. Dépêchez-vous. Il faut que je rentre. Ma
femme est toute seule dans le noir.

— 52 ?

— ... ?

— 1952, votre château de La Gardine ? Je suggère
52 qui fut une année excellente en côtes-du-Rhône.
Surtout châteauneuf. En magnum, vous avez des
chances pour qu'il soit bon jusqu'en 1990.

Ayant dit, il se transforma en magnum. Blanc
d'effroi, Jacques s'agenouilla devant la bouteille
pour en déchiffrer l'étiquette à la lueur de la lune : il
n'y manquait même pas le code postal du Vau-
cluse.

Il sentit sa raison vaciller dangereusement. Ce
qu'il venait de voir dans cette clairière lui semblait
aussi invraisemblable qu'un carré d'emmenthal
mangeable dans un restaurant d'autoroute. D'un

autre côté, il n'était pas assez borné pour avoir ancrée en lui la certitude de l'inexistence d'autres êtres pensants sous d'autres cieux lointains. C'était un garçon sceptique, raisonnablement dubitatif à l'égard des détenteurs de vérités évidentes. Confronté aux plus folles hypothèses scientifiques ou parascientifiques, il n'en hurlait pas d'emblée au charlatanisme avec les loups, les sages et les docteurs. Ne perdait jamais de vue qu'en leur temps Copernic puis Galilée passèrent pour des fadas aux yeux de leur concierge, et pour des terroristes aux yeux de l'Église. Que Louis Pasteur fut taxé d'hérésie par les fossiles esculapiens officiels lorsqu'il réfuta, preuves en main, la théorie de la génération spontanée des micro-organismes. Que ces mêmes fossiles pérorent encore aujourd'hui en nos académies pour défendre le monopole de leur incompétence face au cancer en fustigeant les radiesthésistes, les guérisseurs, les acupuncteurs et les homéopathes, et même les douloureux cruciphiles qui déclarent se sentir mieux au retour de Lourdes. Mais de là à admettre que le pittoresque *vulgum pecus* ici présent venait d'une autre planète, il y avait un pas intersidéral difficile à franchir.

— Vous pourriez au moins être vert, commenta-t-il... Et soyez gentil de fermer ce parapluie.

— Justement non. Je ne peux pas le fermer. Ce serait trop dangereux. Je suis soluble dans l'eau, monsieur, expliqua-t-il avec la gravité prudente qu'on réserve aux grands cardiaques pour leur annoncer que leur famille vient d'être décimée dans un atterrissage aux Baléares.

— Ah ? C'est ce qui explique la présence de ce parapluie ?

— Vous avez tout compris. La moindre goutte d'eau me percerait le crâne.

Tout en parlant, l'individu avait commencé à brouter la manche gauche de son imperméable caoutchouté dont il arrachait à pleines dents des lambeaux entiers. Jacques se prit soudain de pitié pour cet humanoïde déraciné que la faim poussait à risquer sa vie en détruisant lui-même l'unique et fragile protection qui l'abritait des averses et des pipis de chien. Il ouvrit le coffre de sa voiture.

— Vous prendrez bien un peu de roue de secours ? proposa-t-il.

— C'est très aimable à vous, dit l'extra-terrestre en se jetant sur le pneu avec une voracité de chamelier perdu fondant sur une pastèque.

Enfin rassasié, il jeta négligemment la jante pardessus son épaule avec une force peu commune, à en croire le faon endormi qui la prit en pleine gueule à six cents mètres de là.

— Mais il est tard, monsieur. Je dois me sauver avant l'aube.

— Comme les sorcières, pensa Jacques.

— C'est sans rapport, rectifia le Ficusien. Je ne

crains pas le jour, mais la rosée. Seulement la rosée.
A vous revoir, monsieur.

Dans le geste de salut fraternel qu'il fit de sa main
droite levée, un moustique furibard s'échappa de sa
manche, vrombissant de sa hargne minuscule autour
de Jacques avant de disparaître dans le sous-bois,
vers encore plus d'insignifiance.

L'étrange inconnu s'en fut par le même chemin.

Après quelques secondes d'hésitation hébétée,
Jacques se lança à sa poursuite. Mais l'alcool, la fatigue et l'air froid de la nuit l'avaient sonné à mort,
plus sûrement qu'un coup de bûche à l'oreille du
lapin. Les jambes en coton et la tête en bois, il n'avait
pas fait trois bonds d'un galop grotesque que la première racine saillante lui crocha le pied. Le nez dans
la mousse, plus ivre que mort et plus mort que vif,
il s'endormit violemment, d'un sommeil épais et
tonitruant peuplé de pêcheurs à la ligne en train de
bouffer leurs bottes.

A l'aube, un renardeau pelucheux vint lui renifler
l'haleine et s'en fut offusqué.

Chapitre XIV

Un rayon blanc de petit matin s'immisçait maintenant aux franges des rideaux. Alain et Catherine avaient passé la nuit à remuer le souvenir de Claire.

Appuyé sur un coude, auprès d'elle étendue sur la moquette, l'homme contemplait la tranquille beauté mûre de ce corps de femme à l'apogée de sa séduction. La quarantaine lui allait comme le vert sied aux roux. L'imminence de son déclin, que voulait la ridule à son cou, semblait repoussée aux calendes par soif d'amour régénérant et de salubres fredaines. Alain chantonnait une mélopée d'automne, un peu à côté de sa voix, comme souvent au réveil. C'était un chant machinal et sans joie qui lui venait de l'instinct, car il avait plus envie de pleurer, et Catherine le savait.

Il mimait un sourire en suspens, au bord des larmes. Un mois et demi plus tard, ils seraient partis pour Ibiza, comme l'année dernière, dans la villa

mauresque extravagante et blanche, cernée de bou-
gainvillées violettes et de grenadiers rouges, plaquée
aux flancs arides de San José où l'on n'arrivait qu'en
jeep, à l'assaut d'un raidillon de caillasses éclatées
dans un nuage ocre de sable fin qui, le jour, collait à
la sueur et donnait à la nuit des pâleurs effrayantes.
Dans l'éclat des phares, disait Claire, tous ces pins
torturés sont des sorcières à poil, trop maigres et trop
poudrées de riz.

Du haut des jardins-terrasses arabyzantins, on
dominait la baie de San Antonio où des brassées de
Suédois élastiques, écrevissés d'Ambre solaire, gigo-
taient après rien en attendant le retour des brumes
sur le Götaland. A la midi, quand le soleil était trop
chaud, ils remontaient en file indienne jusqu'à
l'hôtel Pueblo. Vus des hauteurs de la villa, ils étaient
minuscules et sans importance. Claire, qui les avait
filmés en super-8, avait baptisé la séquence « Le
retour des fourmis rouges ».

Catherine pensait : J'ai faim d'amour.

— On n'a jamais autant faim qu'en rentrant des
cimetières, dit-elle très bas. Et, souvent, les plus sin-
cèrement tristes sont les plus affamés. Ce n'est obscène qu'aux imbéciles. C'est l'instinct de survie qui
pousse au buffet...

Elle caressa les cheveux d'Alain. Frôlement subtil
de tendresse aiguë. La main à peine. Rassurer
l'enfant fautif.

Et lui regardait cette femme farouche qui parlait de mort et d'amour en bandant du bout des seins. Une formidable envie jumelle le jeta contre elle. Elle dit :

— Baise-moi. Je suis malheureuse.

Ils mélangèrent leurs chagrins et leurs salives et se prirent farouchement. Elle cria sous lui, le poussant aux fesses avec la frénésie calculée des jouisseurs intégraux qui baisent à mort pour s'envoyer au ciel. Elle baisa amplement, elle baisa jusqu'aux yeux, comme baisent les femmes. Et lui, farouche et sombre, et beau comme un taureau fâché, rude, raide et suant, la taraudait au ventre avec la terrible sérénité de la vague érosive au clapot obsédant toujours recommencé. Et les écumes chaudes leur léchèrent le ventre.

Chapitre XV

Cependant, au château, sous la lune pâlissante, les aïeules, les mères, les épouses, les maîtresses, les pieuses, les catins, les salopes et les saintes, les divines et les pouffiasses, les feignasses et les dures aux mal, les prudes et les saute-au-paf, les allumeuses et les éteignoirs, les bronzées, les pâlottes et les blanches à pois rouges, celles d'un seul homme et celles à soldats, les petites filles aussi, aveuglantes de fragile beauté, les femmes donc, allongées dans la salle de cérémonie de la tour centrale, s'agitaient sous les draps pour chasser les moustiques. Annette Boziat, la femme du jardinier municipal, se réveilla la première en se grattant machinalement le cou qu'elle avait lisse et blanc.

A peine fut-elle assise au bord de sa paillasse de fortune qu'une épaisse coulée de mélancolie s'abattit sur son dos. L'idée banale et quotidienne d'enfiler ses pantoufles lui sembla soudain vaine, et l'effort pour tendre le bras vers elles surhumain. La recherche ordinaire de la position verticale lui devenait physiquement irréalisable tant elle en ressentait douloureusement la formidable inutilité. Elle comprit que plus jamais, vraiment plus jamais, elle n'aurait envie d'un café au lait, d'un frisson de brise à la persienne entrouverte, plus jamais envie d'un nouveau jour. Elle s'entendit pleurer à longs sanglots reniflés dont le gargouillis l'écœura, et le désir impérieux de mourir la prit.

D'un pas somnambulique et majestueux qui n'avait jamais été le sien dans sa chienne de vie ménagère marquée par trente années gâchées à hisser des cabas, elle monta l'escalier noble du château, parvint à la tour haute, sauta sur le parapet... Raide et tendue, la chemise de nuit collée par le vent, elle resta là l'espace d'un soupir, comme suspendue entre la vie et la mort. Puis, ouvrant lentement ses bras dans le geste dérisoire des enfants qui font l'avion, elle s'envola vers rien.

Comme un œuf du jour s'éclatant sur un mur, sa tête, en heurtant les dalles, fit un ploc un peu dégoûtant.

Et puis, les autres femmes, toutes les autres, les jeunes épaulant les vieilles, les mères portant leurs filles, les cent autres suivirent, et se jetèrent dans le vide, froides et crétinisées comme un troupeau panurgien, comme un cent de rats par la flûte enchantés, bref, et pour tout dire, comme une armée en marche.

Et, petit à petit, l'aube impudique leva le voile de l'ombre sur ce désordre de membres enchevêtrés et noués dans la mort comme en une atroce partie de jambes en l'air saisie par Jérôme Bosch dans un Auschwitz grassouillet.

Chapitre XVI

A sept heures du matin, Jacques était toujours couché dans la mousse, le ventre froid, la bouche amère et la tête prise dans un étau de douleurs en feux d'artifice qui lui éclataient un peu partout, des orbites à l'occiput.

— Exquise craniosténose, docteur, bredouilla-t-il, dans une de ces autoconsultations délirantes qui annonçaient souvent chez lui, au réveil, le passage subtil entre la fin de la cuite et le début de la gueule de bois. Vous avez le temporal qui pousse ses excroissances sous le pariétal. Ça fait des grumeaux dans le thalamus, d'où une perturbation dans le relais sensitif et une déstabilisation ponctuelle des fonctions végétatives majeures. Tout ça est très complexe. Nous appelons ça l'ericius mordante, ou la maladie du hérisson retourné. A cause des épines à l'intérieur. C'est ça qui fait mal à la tête.

Violenté par une nausée immonde, il parvint néanmoins à s'asseoir, le cul dans la glèbe, au prix d'un effort inhumain. Tandis qu'il époussetait vainement ses manches maculées d'humus, en dodelinant du chef avec des grâces affectées de parkinsonien las, il sentit sourdre en lui les premiers signes glougloutants du désespoir de ses entrailles. Pisser, chier, vomir, mourir, sans avoir — à quoi bon — vu Naples.

La tête dans les mains, il essaya de remettre de l'ordre dans ses pensées. Qu'est-ce qu'il foutait là, assis par terre à l'aube, à côté de sa voiture ? La malle arrière était ouverte. Il se leva, chancela, vrilla, tomba dans un roncier, insulta Dieu, se releva, repartit roide et suant vers l'auto dont il souleva le couvercle du coffre. Manquait la roue de secours. Normal. C'est le Martien qui l'a bouffée, dit-il au cric. Mais sous son cortex meurtri, les idées s'ordonnaient à nouveau. Une fois de plus, il avait peuplé son délire éthylique de personnages fantasmagoriques un peu calamiteux qui le tiraient par les pieds quand il ronflait trop fort. Gavé de liqueurs vulgaires, son onirisme manquait souvent de distinction. Peu de carrosses et pas de velours, jamais de fée tricéphale flottant sur le Gange. Il rêvait, au ras des pâquerettes, des cauchemars à petit budget dont l'indigence contribuait à nourrir ses remords d'alcoolique.

Il se mit au volant, mais ne put démarrer. Hurla, gémit, claqua la portière, se promit de postéropoder le garagiste qui venait huit jours plus tôt de réviser l'auto. L'idée que ce devait être la durit le taraudait d'autant plus sottement qu'il ne savait même pas quel mystérieux organe se cachait sous cette appellation.

Cependant, il faisait grand jour. L'urgence de rentrer chez lui le reprit. Il se dit que la marche lui ferait du bien, et s'en fut d'un bon pied par la route déserte bordée de jeunes châtaigniers en bouquets qui frémissaient au vent tiède. Par contraste, la pureté du matin lui rendait odieux son propre délabrement intérieur, et il allongea le pas pour activer le renouvellement d'air pur dans sa carcasse.

Il décida de couper par la ville haute pour arriver plus vite. Au détour du sentier battu qui marquait l'ancienne enceinte fortifiée, il comprit qu'il se passait au château des choses extravagantes. Il ne distinguait encore que le sommet de la tour haute, mais une rumeur glapissante s'amplifiait à son approche. Bientôt, il put voir des silhouettes casquées s'agiter derrière la muraille. D'autres passaient la tête à travers les créneaux du chemin de ronde et regardaient en bas avant de repartir en courant, comme s'il y avait le feu.

Il buta sur un cordon de police au débouché de l'allée cavalière. Laissez passer le docteur, cria quelqu'un.

L'exubérance holocaustique du spectacle eut

définitivement raison de l'ivresse de Jacques. Derrière un attroupement tumultueux de flics et de pompiers, un amas sanglant et bariolé de corps de femmes plus ou moins éclatées s'étalait dans l'herbe du fossé tout autour du château. Bras tendus, mains ouvertes ou poings fermés, jambes en l'air ou cul par-dessus tête, œil hagard ou bouche bée, saignées à blanc ou roses encore, souriantes ou terrorisées, aucune n'avait survécu.

Son carnet de notes à la main, l'inspecteur Granot figurait admirablement le comble absolu de la perplexité policière. Il dit à Jacques qu'il attendait des renforts de Limoges et de Périgueux et qu'il avait très peur des réactions des Cérillacais qui n'allaient plus tarder à se réveiller et à venir compter leurs mortes. C'est Boziat, le jardinier municipal, qui avait découvert toute cette horreur une demi-heure plus tôt, en allant chercher sa tronçonneuse dans la remise des communs. Il était tombé en syncope après avoir retrouvé sa femme encastrée dans la boulangère, mais il avait vite retrouvé ses esprits, sinon sa raison, et avait pu prévenir les gendarmes avant de sombrer dans un discours hanté de charniers pornographiques, dont il faisait profiter présentement les bonnes sœurs de l'hôpital de Carlac où une ambulance venait de le projeter en salle de décompression pour post-effarés divers et choqués multiples.

Catherine. Jacques se dit qu'elle avait pu changer

d'avis au cours de la nuit et filer rejoindre ses cosexes au château après les désolants propos téléphoniques qu'il lui avait crachés dans l'oreille au cœur de sa beuverie, avant de rencontrer l'extra-terrestre. Mais quel extra-terrestre ? Tu es devenu complètement fou, mon pote, se disait-il tout en courant comme un dératé vers l'ancienne chapelle-musée du château où il pourrait téléphoner enfin. Mais, le coup de fil, je l'ai peut-être rêvé aussi ? Il freina pile. Reprit sa course. Mais non. Mais si. Déboula dans le bureau du gardien. Arracha le combiné des mains d'un brigadier surfait qui compte rendait l'horreur en dialecte bureaucratique à l'intention du préfet Moret.

Catherine ne répondit pas. Elle n'était pas là. Et le gosse ? Qu'est-ce qu'elle a fait du gosse, cette conne ? hurla-t-il dans le giron du cocotteur en papier qui lui notifia en termes comminatoires l'imminence de son internement administratif pour outrage à petit magistrat dans l'exercice de ses petites fonctions. Prenant à témoin de son tourment le saint Martial de plâtre hébété dans sa niche, Jacques, malade de douleur maritale et paternelle confondue, gémit vers le ciel des incantations entachées de tant de bassesse que Dieu, simplement pour les avoir entendues, décida de s'excommunier lui-même jusqu'au 30 juin, qui tombait heureusement la veille de la Saint-Martial.

— Rouchon. Calmez-vous ! La panique peut bien monter sans vous.

C'était Marro. Il arrivait le premier, bien sûr, bien avant que les sirènes et les cliquetis des renforts eussent réveillé le plumitif local encore assoupi dans la semoule de ses excès de la veille, au buffet annuel de l'Amicale des pêcheurs célibataires que les disparitions des femmes touchaient forcément moins qu'elles n'émeuvaient les engamés.

Il arrivait le premier, essoufflé d'avoir couru derrière son flair, et, bien sûr, il cherchait déjà un téléphone. Les journalistes cherchent toujours un téléphone. Leur survie est suspendue à son fil. La nécrose journalistique est caractérisée à ses débuts par le manque d'appétit téléphonique du reporter. Le sujet continue à rechercher des coins de zinc, pour la chaleur humaine et le muscadet, mais il donne des signes évidents d'anorexie chroniqueuse en omettant de réclamer l'interurbain. On finit par lui confier la rubrique nécrologique où son nom n'apparaîtra qu'une fois, cerclé de noir, comme celui des rubricards mondains.

— Catherine n'est pas à la maison, criait Jacques. Elle est dans le tas avec les autres. Et mon garçon aussi. C'est de ma faute, c'est clair, c'est de ma faute. Cette nuit, vous vous rappelez, elle m'a supplié de rentrer, et moi, comme un pourri d'ivrogne de merde, je lui ai balancé des avilissures dégoulinantes, et voilà, maintenant elle est cassée en huit et mon garçon avec. Remarquez, tout le monde s'en fout, il était déjà cassé avant.

Tout en pérorant, il courait vers l'amas des gisantes écrabouillées. Personne ne put le retenir. Il plongea dans le tas sans mollir, comme un rhumatisant serein s'enfonce dans un bain de boue dacquois.

— Alors, docteur ? demanda Granot quand Jacques refit surface, couvert de larmes et de sang.

— Eh bien, mon vieux, je pense pouvoir affirmer sans me tromper que nous sommes en présence d'une hécatombe. Au fait, Granot, vous n'avez pas vu ma femme ? Apparemment, elle n'était pas à la sauterie.

— Mba Mba ! meugla une voix outre-tombale qu'il reconnut immédiatement.

Seul Christian Rouchon, au risque d'humilier les cornes de brume, pouvait émettre d'aussi rebutantes inharmonies pour appeler son père. Il y mettait d'autant plus d'ardeur que son cerveau féculent ne lui distribuait qu'avec parcimonie les occasions de discerner l'auteur de ses jours d'un parcmètre automatique. Une joie sans borne illuminait alors le faciès buté de cette contrefaçon d'homoncule, et il battait des mains à côté de ses doigts, avec des grâces de kagébiste novgorodien massacrant Rachmaninov pour lui faire avouer sa fugue en *ré* majeur.

Pour l'heure, ce peu d'enfant flottait dans les bras

de sa mère, à côté du curé Montagu qui lui dépliait sa chaise roulante, de l'autre côté du cordon de police. On avait mandé le bon curé pour oindre in extremis la viande au pied du fort. Il avait pris Catherine au passage, dans sa 403 multicoque, parce qu'elle l'avait appelé après le départ d'Alain pour lui dire son angoisse de la disparition de Jacques. Ce dernier des derniers se jeta sur elle pour la couvrir de baisers tardifs mais dévorants. Elle sentait le kinésithérapeute, l'Eau sauvage et le Palmolive, mais il voulut l'ignorer. Il s'en foutait. Elle était vivante, et c'était bien. Puis, s'agenouilla dans l'herbe et prit à deux mains la tête de l'ersatz qu'il caressa lentement, avec la tendresse désespérée qui nous pousse à câliner nos enfants morts ou presque. Ils se touchaient tous les trois, contents d'être chauds. Jacques prit soudain conscience de son égoïsme. Au milieu de ces cent mortes empilées dont le sang se caillait sur ses bras, à la tiédeur du levant, l'assurance que sa femme n'en était pas suffisait à lui ranimer le sourire. Ainsi vont les hommes ; et pour peu que son gosse se coince l'auriculaire dans le pédalier de son tricycle, le plus fervent partisan de l'aide au tiers monde oubliera de partir soigner les petits affamés pour filer toutes affaires cessantes à la pharmacie du coin, en vertu d'une loi sacrée de l'espèce qui veut que la sauvegarde d'un petit doigt gras familier relègue aux calendes celle de mille ventres creux plus lointains.

Ainsi pensait Jacques Rouchon en enlaçant sa famille. Que ceux qui souffrent plus de l'érosion de Venise que de la fuite dans leur salle de bains lui jettent la première pierre.

Chapitre XVII

Depuis les monômes utopistes du crépuscule gaullien, on n'avait plus vu autant de volaille casquée au mètre carré. Mais les manifestantes étant mortes, les fonctionnaires des Compagnies républicaines de sécurité ne matraquaient que la chanson des quatre-vingts chasseurs qu'ils ululaient effrontément du fond de leurs autocars austères en attendant la relève. Hormis deux ou trois taches brunes mêlées à la terre, seule l'herbe échevelée par tant de piétinements témoignait encore sous la lune de l'effervescence de la journée. Investi de la courtine au pinacle par six douzaines de limiers, le château scintillait de mille feux, résonnait de voix mâles et de claquements de portes, comme aux veilles agitées des croisades de jadis. L'élite de la force publique nationale avait été convoquée d'urgence pour avancer ses hypothèses dans cette épouvantable affaire qui n'allait plus tarder, pour peu qu'on n'y prît garde, et vite, à pousser ses ramifications trop loin au risque de secouer le trône de l'Élysée dont l'occupant vivait dans la terreur qu'on en ôtât son cul.

Le ministre de l'Intérieur était venu le matin même se faire photographier à Cérillac. Grave et rassurant au milieu de l'émoi fantastique soulevé par l'annonce des cent nouveaux mystérieux trépas, il avait solennellement radiodemandé aux Cérilla-caises et aux Cérillacais et aux Cérillacons de ne pas céder à une panique que rien ne justifiait. « En l'état actuel de l'enquête, avait-il expliqué, nous ne sommes pas en mesure d'affirmer qu'il s'agit de meurtres plutôt que d'une épidémie à virus miso-gyne inconnu. »

Après avoir réussi à caser l'éventualité d'une res-ponsabilité de l'opposition dans la dégradation des mœurs civiques en bas Limousin, il était allé répéter ces vulgarités à la télévision nationale où, sur fond de brancards et de rugissantes ambulances, il sut mon-trer au pays l'exemple de la sérénité, le chemin de l'espoir, et son profil gauche, celui sans la verrue.

Devant leur écran, Labesse et Boucharoux, barri-cadés dans le bistrot, convinrent que ce qu'il nous faudrait, c'est une bonne guerre et que tu l'as dit bouffi.

Chapitre XVIII

Jacques, Catherine et l'approximation filandreuse qui leur tenait lieu de progéniture s'étaient frileusement barricadés chez eux après l'enlèvement des cadavres. Entre le château et la maison, la voiture de Catherine avait été contrôlée sept fois par les gendarmes, les CRS, les policiers communaux, départementaux, nationaux et militaires et les néo-miliciens du mouvement « Légitime Défense des veufs et pères inconsolables de Cérillac » qui s'était créé le matin même et qui cherchait en vain des Maghrébins parce qu'on ne sait jamais, mais qui n'en trouva point, le dernier émigré connu ayant précipitamment quitté sa résidence de Cérillac après l'écrasement des troupes d'Abd al-Rahman et la subordination de l'Aquitaine aux volontés de Charles Martel quelque douze siècles plus tôt.

A vrai dire, la ville était en état de siège, bien que nul n'eût pu désigner l'assaillant, ni même assurer qu'il y en eût jamais eu un. La maison de Rouchon était la plus sévèrement encadrée, du fait qu'elle contenait la seule femme survivante de la ville. Il y avait des tireurs d'élite plein la cheminée, des anti-gang dans les cache-pots, et six inspecteurs en civil, assis sur le banc de bois du jardin, lisaient le journal *le Monde* pour ne pas attirer l'attention. La soirée, étrangement paisible au demeurant, n'était troublée çà et là que par leurs cris de protestation, car c'était un banc pour cinq.

Après avoir nourri Christian au forcing-Blédina, c'est-à-dire en lui enfonçant la cuiller jusqu'aux abords du duodénum, car il ne savait pas déglutir et regarder sa mère en même temps, Catherine, ivre de fatigue après une nuit d'amour et d'angoisse suivie d'une journée d'horreur, s'endormit comme une masse sans ôter sa culotte, signe certain de profond désarroi chez cette femme dont la devise « on ne sait jamais » ne s'était jamais démentie depuis l'épanouissement de sa puberté.

En la bordant sous la couette, Jacques se sentit envahi d'une émotion rare devant le sourire apaisé de cette femme qui était sa femme, qu'il avait fait souffrir jusqu'au seuil de l'intolérable, mais qui s'offrait encore à ses bras, au milieu de ce climat d'épouvante, enfantine et légère, plus fraîche et fémi-nine en son lit bleu, qu'une odalisque opaline sur un velours ottoman. Qu'elle fût la seule en vie dans cette ville en folie de mort gynéphage la lui rendait encore plus précieuse. A cet instant, il l'aima si profondément, si totalement, que, se sentant assoiffé, il but un verre d'eau.

La nuit tombait quand un brigadier blindé vint cogner à son huis pour lui annoncer que Marro François, grand reporter indépendant, demandait à le voir et, qu'en subséquence, voilà.

Hirsute et frétillant comme un rugbyman vainqueur de retour au vestiaire, Marro venait de dicter le papier le plus apocalyptique de sa carrière. Nonobstant la terreur qu'il allait susciter, il se sentait momentanément apaisé, comme le comédien, à la fin de sa première, se laisse le temps du soupir content avant de commencer à s'angoisser pour la deuxième. Il était convaincu que le métier de journaliste n'était pas un métier moral, au sens civique et religieux du terme, et qu'il consistait à informer tout le monde, de tout, et tout le temps, en vertu de l'adage presque hégélien : « Qui muselle un œuf, muselle un bœuf. »

Il prit gentiment des nouvelles de Catherine et du métazoaire avant de se répandre dans le canapé en réclamant un whisky-soda sans whisky.

— On n'est pas plus avancé maintenant qu'on a

cent huit cadavres. C'est fou, bougonna-t-il en hochant désespérément sa bonne tête macrobuleuse. L'essentiel, maintenant, c'est que votre femme soit bien gardée.

Il appuya son propos, qu'il voulait rassurant, en se redressant pour aller claquer sa rouge paluche sur la cuisse de Jacques, de ce geste un peu gauche qu'on se fait entre amis pour se montrer qu'on s'aime sans dégouliner dans le mélo.

— Nous vivons un temps bordélique et démentiel, mon cher docteur. Cette affaire échappe à toute logique. Hier soir, avant que nous nous retrouvions chez Boucharoux, il m'est arrivé quelque chose de pas tellement humain. Je ne vous en ai pas parlé devant les sous-doués zingueurs qui s'éternisaient au bar. Et après, euh... après vous n'étiez plus en état de m'écouter.

— Ni vous de me narrer quoi que ce fût de cohérent.

— J'admets. Alors, voici. Il allait faire nuit. Je revenais de pas loin quand j'ai fait une rencontre extrêmement curieuse. Près du lieu-dit « le Grand Chênier », vous voyez ? Assis sur le talus, il y avait un bonhomme occupé à casser la croûte. Malgré le beau temps, il frimait sous un parapluie.

— Nom de Dieu, dit Jacques qu'un bizarre pressentiment surexcitait soudain.

— Ça m'a paru étrange, et c'est pour ça que j'ai

freiné en arrivant à sa hauteur. Ce con était en train de bouffer une épave de chaussure de tennis.

— Mais alors, bonsangmaiscestbiensûra Jacques, mon rêve, c'était pas un rêve.

— Quel rêve ?

— Rien. Continuez.

— Je me suis cru victime d'une hallucination. J'ai redémarré. Un kilomètre plus loin, j'ai fait demi-tour. Pour en avoir le cœur net. Le type avait disparu. Je m'enfonce dans le sous-bois à la recherche du pompivore. Envolé.

Sidéré par la confidence de son ami qui confirmait l'existence de l'irréalité dont ils avaient été témoins, Jacques lui narra sa nuit par le menu, sans omettre les inimaginables prétentions à l'extra-terrestralité ficusienne de l'Interchangeable.

— Ainsi donc, je n'avais pas rêvé. D'ailleurs, j'ai un bout de preuve : ma voiture est toujours dans le bois. Sans la durit.

— Qu'est-ce qu'on fait ? Qu'est-ce qu'on peut faire ?

— On prend ma voiture et une corde pour remor-quer la vôtre. Et on retourne là-bas.

— Et Catherine ? Je ne veux pas la laisser toute seule.

— Elle n'est pas toute seule. Il y a plus de flics dans cette propriété que d'enculés mondains dans la presse de gauche. Un moustique ne s'insinuerait pas

à travers le cordon musclé de ces mammifères asser-
mentés, ajouta-t-il en montrant du bras la colonie
parasitaire en sentinelle au jardin. Laissez-la dormir,
votre femme.

— L'allusion au moustique, c'est exprès ? dit Jacques qui avait tressailli. Non, non, ce n'est rien,
s'empressa-t-il d'ajouter devant l'air consterné de
Marro qui le sermonna :

— La vie, docteur, est bien assez compliquée dans
ce putain de bled, pour que vous ne veniez pas, en
prime, nous gonfler périodiquement les surrénales
avec vos appréhensions mousticologiques. Franche-
ment, insista-t-il, en tapotant doucement son vis-à-
vis dans le vague espoir de faire tomber son obses-
sion par terre.

— OK, OK, admit Jacques. J'élude. Allons-y.
Mais vrombira bien qui vrombira le dernier.

Le service d'ordre les laissa sortir avec les obsé-
quiosités serviles que les chiens de garde affichent
couramment à l'égard des hussards bottés, et que les
mortels réservent souvent aux médecins.

Chapitre XIX

Le temps avait changé. Une fraîcheur nouvelle s'était abattue au coucher du soleil. Le vent avait tourné au nord. On ne discernait plus la lune que par éclipses, entre deux avancées cotonneuses de cumulus anthracite. Autant dire que la nuit était tombée bien bas.

La voiture de Jacques — qui l'eût mue ? — n'avait pas bougé. Avant de la retrouver dans la quasi-opacité du bosquet, les deux hommes eurent une première terreur quand Marro se meurtrit le pied contre un obstacle douloureusement consistant qui le fit choir lourdement. C'était le trognon de roue de secours que le Ficusien avait balancé aux orties après l'avoir bouffé jusqu'à la jante : geste fatal dans lequel, le lecteur philobambiste s'en souvient encore avec émotion, un faon innocent avait trouvé une mort atroce. Le petit cadavre velouté gisait d'ailleurs à quelques pas de là, et Marro se prit l'autre pied dedans et se recassa la gueule.

— Je vous jure que si je me le bloque, votre pseudo-Martien, je lui fais bouffer son parapluie, vociféra-t-il en s'époussetant rageusement.

— On l'attend ? proposa Jacques.

— Je veux. Il va sûrement revenir : il a pas fini vos roues.

Ils s'installèrent frileusement dans la limousine. Sombres, malheureux, terriblement las, affamés. L'heure du biberon était passée, et ils étaient sur le point de pleurer quand Jacques se rappela soudain qu'il avait toujours une gourde de rhum dans la boîte à gants. C'était un rhum infâme à révulser les crêpes. Ils le trouvèrent fort bon. Un chat-huant pudibond s'envola quand ils entonnèrent la complainte de la Marie béante. A minuit, ils ronflaient comme deux poêles à charbon, blottis l'un contre l'autre.

Pas longtemps.

Un ébranlement d'une amplitude inconnue sur l'échelle de Richter les réveilla bientôt en, c'est le cas de le dire, sursaut. On secouait la voiture. On, c'était lui, l'Inavouable, le Pas-d'ici, l'Errant errant, qui secouait la roue arrière à pleines mains et de toutes ses forces surnaturelles, jusqu'à ce qu'il réussît à l'arracher de l'essieu.

— Mais il est con, ce farfadet, meugla Marro.

Les deux hommes, hirsutes, sortirent de la voiture

en vociférant. Dans la pénombre, ils distinguaient à peine le Ficusien qui avait reposé la roue pour se saisir vivement de son inséparable parapluie noir.

— Je vous prie de m'excuser, messieurs, onctuosa-t-il fielleusement. Je ne vous avais pas vus. J'avais grand-faim encore. Je n'ai rien avalé depuis hier, à part une ou deux semelles pas fraîches et un élastique de jokari.

— Ce n'est pas une raison pour bouffer les voitures des autres, dit Jacques.

— Surtout, quand les autres sont dedans, surenchérit Marro en pointant un index réprobateur vers le cosmique. Alors, comme ça, vous êtes d'une autre planète, dit-il en allant le renifler sous le pépin. Faites excuse, mais je vous trouve extrêmement courant comme type. (Et il ajouta à l'intention de Rouchon :) Ça y est je l'ai dit.

— Mais, comment êtes-vous venu jusqu'à nous ? s'étonna Jacques dont les yeux fouillaient vaguement le sous-bois à la recherche d'un éventuel vaisseau spatial.

— A Roissy, j'ai pris un taxi jusqu'à la gare d'Austerlitz, puis le train jusqu'à Bussières-Galant. Avec un changement à Limoges.

— Écoutez, monsieur... ? s'enquit poliment Jacques.

— Kohaine. Jean-Christian Kohaine.

— Monsieur Kohaine. Ne prenez pas les humains

pour plus naïfs qu'ils ne sont. Pour voyager dans l'espace, il faut au moins se propulser à l'aide d'une énergie, d'un carburant.

— Nous sommes propulsés par l'énergie du désespoir, monsieur Rouchon. Je croyais que vous l'aviez compris.

Marro courba l'échine en matoise révérence pour bien marquer sa compassion.

— Et peut-on savoir plus précisément ce qui nous vaut l'honneur de votre visite ? obséquiosa-t-il.

— Les études de nos satellites espions nous ont révélé que, malgré les prédations des hordes sauvages de bulldozers xyphophages hystériques, il y a encore des arbres à caoutchouc sur cette planète.

— Ah, oui. La bouffe. Toujours la bouffe.

— En effet. Voyez-vous, messieurs, nous n'envahissons pas la Terre de gaîté de cœur. Les Ficusiens sont un peuple aussi pacifiste que le vôtre.

— Ça doit être joli... Mais... ai-je mal entendu, ou bien avez-vous dit que vous envahissiez la Terre ? s'inquiéta Jacques.

— Mais je rêve. Je rêve..., répéta Marro, éperdu, en prenant la voiture à témoin de leur infortune et de la démence saumâtre de la situation.

— Croyez-moi, au départ, nos intentions n'étaient pas belliqueuses.

— Et maintenant, si je comprends bien, elles le sont devenues ?

— Je le répète, nous n'étions pas agressifs. Nous comptions envahir seulement l'Amazonie, le plus discrètement du monde...

— En vous déguisant en magnums de château-neuf-du-pape, permettez-moi de vous dire que vous ne seriez pas passés inaperçus des Jivaros.

— ...Hélas, continua le Ficusien potentiel, nos satellites ne sont pas équipés pour les relevés météorologiques, et cette lacune a coûté la vie de nos illustres pionniers, morts au bord du fleuve Amazone.

— Vous redoutez la chaleur ? risqua poliment Marro.

— Pas la chaleur. L'humidité.

— Je vous rappelle que monsieur est soluble dans l'eau, murmura Jacques à l'oreille du journaliste.

— Où ai-je la tête ? Où est-elle, au fait, votre putain de planète ? demanda Marro qui, en bon reporter, ne commençait jamais un papier sans savoir précisément qui, quoi, quand, comment, pourquoi et où.

— Par là, en haut à gauche, à côté de cette espèce de constellation en forme de casserole, précisa le Ficusien en montrant du doigt le ciel étoilé. Excusez les lacunes de mon érudition scientifique dans le domaine de l'astronomie. J'exerce la profession d'entomologiste interspatial. J'étudie les insectes des planètes. Les étoiles, sauf votre respect, je n'en ai rien à secouer.

Mais Jacques n'écoutait plus. Un déclic venait de jouer en lui, qui lui vrillait le crâne comme un réveil d'alarme. Entre les ultimes volutes des brumes alcooliques que la fraîcheur de la nuit finissait de dissiper, une idée fulgurante et lugubre, éclatante comme un soleil de mort, illumina soudain son horizon bouché.

— Monsieur Kohaine, risqua-t-il d'une voix blanche, vous avez bien dit, il y a un instant, que vous étiez entomologiste ?

— En effet.

— Marro ! cria-t-il en secouant son copain. Marro ! Les moustiques. Les moustiques partout et toujours autour des cadavres des femmes de Cérillac...

Le journaliste blêmit. Il avait peur de comprendre. Ou, du moins, d'entrevoir un début d'explication.

— Salaud. Fumier. Vous êtes en train de nous tuer avec vos moustiques. Non mais, vous vous rendez compte, poursuivit-il à l'intention d'un marcassin noctambule qui glandait sous les feuilles d'un groin distrait, ces gens-là sont tranquillement occupés à détruire l'humanité avec leurs moustiques, et vous, vous vous en foutez, vous cherchez des glands... Ça ne va pas, ça, monsieur Kohaine, ça ne va pas du tout, rugit-il en soulevant le Ficusien par le revers de son imper entamé. Je ne vais pas vous laisser faire, moi. Je vais vous tuer, moi, monsieur

Kohaine. Ce ne sera même pas un meurtre, puisque vous n'êtes même pas humain.

— Vous perdez votre sang-froid, mon cher, dit doucement le Ficusien.

— Mon cher ! Ça va pas, la tête ? Vous entendez ça ? Cet agglomérat de déchets lunaires m'appelle son cher, à présent. Cornecul, je vais me le faire. Je vais me le faire, répéta-t-il, ivre de rage, en commençant à étrangler soigneusement l'envahisseur que cet attentat à sa vie émut à peine.

— Lâchez-moi, je vous en prie, rauqua-t-il. Faites contre l'arbre.

— Quoi, quoi, « faites contre l'arbre » ?

— Je lis dans vos pissées. Vous vous retenez. C'est cela qui vous rend nerveux. Faites contre l'arbre. Vous serez apaisé.

Son ignorance de la psychologie humaine constituait visiblement l'un des points faibles du Ficusien dans sa recherche diplomatique de dialogue avec la race des hommes. On n'envoie pas impunément pisser quelqu'un qui vous étrangle. L'atmosphère tragique, qui pèse ordinairement autour d'une tentative de meurtre, ne peut qu'être affectée par ce genre de suggestion. Stupéfait, Marro relâcha l'étreinte assassine de ses doigts sur le cou de Kohaine et se retourna prestement pour se débraguetter contre un chêne, car, en effet, il se mourait d'une niagaresque envie de pisser. Qu'il commença à assouvir. Pas longtemps.

Illuminé d'une idée soudaine et porteuse du désir de tuer qui l'habitait encore, il effectua rapidement un demi-tour quasiment nouréïévien, sans lâcher son bidule urinaire qu'il braqua sur le Ficusien. Lequel fit un bond de retrait, pas tout à fait assez prompt cependant. Touché par trois gouttes à la cuisse, il se mit à pousser une plainte à fendre une bûche, tandis qu'une manière de fumée jaunâtre sulfureuse s'échappait de son pantalon gris nul.

— Vous m'avez estropié, monsieur Marro, je me vois contraint de vous occire quoiqu'il m'en coûte. Il est exclu que vous me dissolviez. Il y va de la survie de Ficus.

Là-dessus, il se volatilisa l'espace d'une croche dans une étude d'exécution transcendante de Liszt, pour réapparaître un quart de mesure plus tard sous la forme d'une enclume volante. Cet objet insolite s'éleva d'abord lentement jusqu'au faîte des arbres. Il resta un instant suspendu dans l'air, puis, à la vitesse d'un obus, dont il avait l'irrémédiable densité, il alla en sifflant s'écraser sur le crâne de Marro qui mourut au champ d'honneur et la bite à la main.

— Avouez qu'il l'a bien cherché, dit l'enclume, avant de reprendre forme ficusienne.

Jacques serra les poings à s'en péter les phalanges. Il s'approcha du cadavre couché dans l'herbe, dont la tête n'était plus qu'un embrouillamini plasmatique compliqué où flottaient pêle-mêle des bouts de cervelle et des touffes de cheveux. Les doigts de Marro vibrèrent encore quelques secondes, ses pieds se tendirent dans l'axe des mollets, et puis plus rien.

— Mais... vous venez de tuer mon ami, monsieur, gémit Jacques. C'est complètement dégueulasse. Je ne peux pas laisser passer une chose pareille. Je vais vous punir. Je ne sais pas comment, mais je vais vous punir, répéta-t-il, tandis qu'avec des gestes de somnambule il déboisait un tronc d'arbre pour y arracher un gourdin dérisoire.

— Lâchez ça, je vous prie. Vous êtes ridicule. Ne m'obligez pas à vous tuer aussi. Ce n'est pas pour me vanter, mais je suis plus puissant que le plus puissant de vos dieux.

— Il n'existe pas, le plus puissant de nos dieux, soupira Jacques en lâchant son bâton.

— C'est bien ce que je disais.

Jacques se laissa couler plutôt qu'il ne s'assit contre un arbre, prit sa tête dans ses mains pour que l'autre ne le vît plus, et se laissa aller à un gros chagrin d'enfant, avec des sanglots qui font bouger les épaules et des petites plaintes pitoyables.

Chapitre XX

Pendant une longue demi-heure, il cuva sa peine à plein cœur. Comme beaucoup de faux misanthropes, qui, en réalité, aiment trop les humains pour les tolérer médiocres, il usait parcimonieusement du terme d'ami pour désigner un de ses semblables. Il avait connu Marro depuis trop peu de temps pour s'être seulement demandé s'il allait mériter l'étiquette, mais l'insupportable frustration où le plongeait la disparition du journaliste lui confirmait qu'il l'aimait plus et mieux que les quelques effusionnistes ponctuels des mondanités médicales auxquelles, d'ailleurs, il n'assistait pratiquement plus depuis longtemps.

Cette mort brutale lui faisait une plaie ouverte, et l'impossibilité réaliste où il était de pouvoir jamais la venger l'accablait. Il se sentait intensément vaincu.

— C'est mieux ainsi, dit l'envahisseur, en venant poser doucement sa main sans parapluie sur l'épaule de Jacques. Je vous sais gré d'être redevenu raisonnable et d'avoir compris que j'étais — en toute modestie — invincible sur Terre. Comme nous disons chez nous : vous êtes fait, mon vieux.

— Je suis fait mon cul, dit Jacques, ses dernières velléités de randonnées interplanétaires envolées à l'idée qu'à des milliers d'années-lumière de chez Boucharoux on proférait les mêmes lieux communs.

Il esquissa un galop de fuite vers la route proche. En vain. Une muraille de trois mètres cinquante de haut, qui n'existait pas l'instant d'avant, se dressait maintenant devant lui. Il s'assomma à moitié en l'embrassant. L'extra-terrestre venait de se transformer en mur de Berlin.

— Vous n'avez pas honte, dit Jacques.

— Calmez-vous, insista le Ficusien, sans relever le jeu de mots. Vous ne pouvez pas m'échapper. Si vous voliez, je me transformerais en trou d'air. Maintenant, si vous le voulez bien, nous allons nous asseoir dans votre automobile, bien au sec...

Ce qu'ils firent.

— Monsieur craint la rosée...

— Exactement. Et je vais tout vous dire. Après quoi, je prendrai votre sperme et je vous décérébrerai un peu parce que vous en saurez trop.

— Déconnez pas, Kohaine. J'aime mieux garder mon sperme et mes hémisphères et en savoir moins, bredouilla Jacques.

Il avait plongé la main dans la boîte à gants pour en extraire le flacon de rhum. C'était toujours cette infamie jaunasse à déshonorer les plums, mais le système nerveux prématurément délabré du médecin s'en trouva subitement mieux dès la douzième gorgée.

— Il faut d'abord que vous sachiez, monsieur Rouchon, que ce ne sont pas nos moustiques, mais les vôtres, qui nous servent dans notre entreprise de conquête de votre planète. Nous ne tuons pas les humains, insista-t-il, nous les encourageons au suicide. Nuance.

— Voulez-vous me faire avaler que les cent huit femmes de Cérillac se sont elles-mêmes donné la mort ? pléonasma Jacques.

— En effet. Monsieur Rouchon, en plus de ses incidences antiécologiques négatives, le génocide des hommes eût constitué pour nous une entreprise périlleuse. Nous eussions vite été repérés. La présence d'un individu sous un parapluie dans les parages de chaque assassinat eût paru suspecte aux yeux du policier le plus borné. Aussi avons-nous décidé que vous vous tueriez vous-mêmes afin de respecter nos principes et de garder nos mains propres.

« Si jamais j'en réchappe, je pourrai me vanter d'avoir rencontré les faux-culs de l'espace », pensa Jacques.

— En tant que médecin, poursuivit Kohaine,

vous n'êtes pas sans savoir que les dépressions nerveuses se manifestent chimiquement par une destruction partielle des molécules d'acide désoxyribonucléique... — ADN — dans certains chromosomes des neurones du cerveau. Quand ces particules sont détruites dans une proportion égale ou supérieure à soixante-huit pour cent, le désir d'autodestruction chez le malade devient irrépressible. Or, nous savons depuis près d'un siècle que le cerveau d'un être humain en bonne santé peut atteindre en quelques secondes cet état de déliquescence morbide sous l'effet d'une décharge électrique de très faible intensité (0,03 Puitt-Puitt). Il nous suffisait de mettre sous tension les insectes terrestres piqueurs après les avoir soumis en incubateur aux rayons epsilon, et de les téléguider par entomotélépathie vers les individus de notre choix, pour que ceux-ci, quelques instants après avoir été piqués, se suicidassent hâtivement.

— Vous saviez cela depuis près d'un siècle ?

— Oui. Nous avons expérimenté pour la première fois nos moustiques sur Terre bien avant la pénurie de caoutchouc qui nous pousse à vous envahir aujourd'hui. Je puis dire que notre but était alors purement ludique. Coïncidence : c'était dans votre pays. Le lieu s'appelait Gambais. Dans une villa isolée, nous avions réussi en quelques mois à pousser dix femmes à se jeter dans une chaudière allumée, et ce, malgré les efforts méritoires d'un petit barbu qui tentait de les en empêcher.

— C'est le succès de cette expérience qui vous incite aujourd'hui à « suicider » d'abord les femmes ?

— Oui et non. Il est possible, en effet, que vous autres mâles réagissiez différemment à la piqûre anti-ADN. Mais il nous a paru nécessaire et suffisant pour envahir la Terre de viser les femmes et d'épargner les hommes. D'autant, monsieur Rouchon, que ce génocide nous coûte cher...

— Croyez bien que je compatis.

— ... Vous comprendrez qu'il nous suffit de nous débarrasser des femmes pour que, privée d'elles, la race humaine s'éteigne d'elle-même.

Jacques était abasourdi. Mais plus il revivait en pensée les récents événements dramatiques de Cérillac, plus la version para-réaliste qu'en faisait son interlocuteur lui apparaissait plausible. L'absence d'indices, de pistes, de suspects, de mobiles, tout ce qui faisait le grandiose désarroi de la police et des pouvoirs publics dans cette affaire hors du commun, tout cela devenait lumineux dès qu'on réalisait qu'il s'agissait non plus de meurtres mais de suicides. Adeline Serpillon s'était fait hara-kiri, Claire Jolly s'était jetée dans son puits, et la Poinsard sous le train. Les femmes Ganaché avaient choisi le poison, et Gilberte, la corde. Et le vénérable château de

Cérillac, aux murailles agacées de lierre sombre,
dont les formidables portes laissent béer des jours
venteux où s'engouffrent en nuées le sable, la pous
sière, le pollen ocre des pissenlits, n'avait pu protéger
cent autres femmes des fluets diptères électriques
porteurs de fin du monde.

— Et ça vous fait rire..., dit Jacques, constatant
qu'un rictus de benoîterie niaiseuse éclairait le faciès
insignifiant de l'Attila du cosmos.

— Oh... Je souriais simplement... C'est idiot,
mais, je ne sais pas pourquoi, ça me fait rire : une
des particularités de vos moustiques m'a toujours
frappé ; chez eux, seules les femelles piquent les
humains. Les mâles, eux, butinent les fleurs. Amu-
sant, ne trouvez-vous pas ?

Flamboyant de rage opportune, Jacques cracha
sur le pare-brise les pétales jaunes séchés qu'il avait
arrachés au bouquet pendu au rétroviseur et qu'il
mâchouillait nerveusement depuis le début de
l'entretien.

— Hélichrysums. Ne sont-ce pas ces fleurs que
vous appelez immortelles ? commenta le Ficusien.

— Je vais vous tuer, Kohaine.

— Vous pouvez m'appeler Jean-Christian.

Chapitre XXI

— Soyez raisonnable, monsieur Rouchon. Vous
ne pouvez pas me tuer, dit le Ficusien. Je suis pratiquement immortel. Bien sûr, je suis soluble dans
l'eau, mais vous n'en avez pas dans cette voiture. Au
stade d'éthylisme où vous vous trouvez, vos éven-
tuels crachats, pour peu qu'ils m'atteignent, ne sont
bons qu'à faire flamber les crêpes. Laissez-moi seulement prendre votre sperme et vous lobotomiser
légèrement, et je vous laisserai filer.

— Voulez-vous bien laisser mon sperme tranquille, espèce de taré cosmique, bégaya Jacques, ivre
de fureur, les mains plaquées sur le bas-ventre, dans
le geste étriqué du pisseur en retenue. Qu'est-ce que
vous voulez faire de mon sperme, pauvre malade ?

— Nous voudrions tenter d'ensemencer une Ficusienne pour obtenir un être hybride, mi-Ficusien,
mi-bête, dont nous espérons qu'il sera plus résistant
aux agressions de l'eau. Songez qu'un tel être, que

nous reproduirions à l'infini grâce à nos rayons copulogénétiques, pourrait aisément cultiver le caoutchouc sur Terre sans risquer de se mouiller. Maintenant, assez rigolé, laissez-moi vous branler.

— Ah, mais non. Il n'en est pas question ! hurla Jacques en repoussant la main velue de l'aquaphobe, qui se transforma aussitôt en bombe sexuelle hypervoluptueuse, avec des cheveux paille d'or, des seins considérables, une bouche écarlate et plus pulpeuse qu'un cageot de pêches, des jambes dorées longues comme un jour sans Picon-bière, et gainées de bas de soie noire tendus par un porte-jarretelles rouge-brigade, sous un slip étincelant bombé d'amour et de mystères éternels.

Ses cuisses offertes écartées, plus émouvantes que les adieux de Fontainebleau, sentaient bon la chaleur des draps blanchis au pré. La tête renversée sur l'appui-tête, elle offrait aux baisers une bouche inespérée, happeuse, d'inaccessible amante.

— Prends-moi, Jacques, murmura-t-elle d'une voix sans issue.

Pour résister à la tentation, Jacques banda son énergie et, détournant son regard des appas pléthoriques de la sirène, il le posa sur la boîte à gants restée ouverte après qu'il en eut sorti le flacon de rhum. C'est alors qu'il crut voir son salut. Au fond, sous la carte Michelin, un objet vert dépassait un peu. Le cœur battant, Jacques reconnut le pistolet à eau de son fils. Outre l'autocoprophagie matinale et l'arrachage des papiers peints à la cuiller en bois, le tir au pistolet à eau sur cible murale (aquarelles, peintures à l'huile, bibliothèque, etc.) constituait l'un des sports favoris du petit Christian. Qu'il eût oublié ce fétiche qui ne le quittait ordinairement jamais, pas même la nuit où il aimait à se l'enfoncer dans l'œil pour trouver le sommeil, voilà qui tenait du miracle. L'idée qu'il allait devoir son salut à cette boursouflure légumière qui lui tenait lieu d'enfant, dont jamais il n'avait pu espérer le moindre signe d'amour, galvanisa le père. Avec une agilité surprenante chez un pochard aussi cuit, il plongea la main dans la boîte.

— Les mains en l'air, fumier, crapaud, méchante, hurla-t-il en braquant la créature que l'émotion retransforma d'emblée en Ficusien moyen avec l'air con, et le parapluie fermé entre les genoux.

— Pitié, Bwana, dit le cosmique.

— Je vais te dissoudre, saloperie de déchet spatial de merde, reprit Jacques, rouge et suant.

Il frémissait de haine totale, sans plus de pitié que n'en montre l'égoutier au rat caché dans sa botte.

— Le plus rigolo, grinça-t-il, c'est que tu vas périr grâce à ce même caoutchouc que tu convoitais tant. Tiens, fonds, Martien de mes deux. Et bonjour à Marro, si tu vas en enfer.

Mais la poire à eau était à sec. Christian, esclave de ses joies auriculaires, avait dû se la vider dans l'oreille interne avant de ranger le pistolet. Kohaine éclata d'un rire sardonico-spatial insultant à l'ouïe, puis se remit en pétasse à play-boy pour reprendre au point mort la touchante gymnastique érectile sus-ébauchée.

— Salope ! Salope ! Salope !

— Keep quiet, darling, susurra le poster, qui pouvait parler couramment le bubble-gum. Don't make war et saute-moi dessus.

D'une lente ondulation lasse de lionne repue, elle s'étira sur son siège dans un mouvement qui la contraignit, vu l'exiguïté de l'habitacle et la bassesse du toit, à s'arc-bouter au-dessus du dossier, le pubis à hauteur des yeux de l'homme au pistolet. Dans cette position que le Vatican déconseille aux mamans, son ventre plat, à peine duveté de blond tendre, et que ne cachait plus le brassard de satin qui lui tenait lieu de minijupe, s'élevait au rythme de son souffle et retombait pour laisser entrevoir, sous la ligne tendue de l'élastique du slip, immaculé comme peu de conceptions, et auquel nous fîmes allusion plus haut, mais on ne se lasse pas d'y revenir, le paradis.

En deuil de son ami encore tiède, fou de rage d'avoir manqué son ultime chance d'abattre Kohaine, meurtri, malade, Jacques bandait comme un cerf.

— Je vais te sauter, connard, hargna-t-il en se jetant sur la sirène d'outre-monde.

— Oh oui, prends-moi, sois mien olala, l'encouragea-t-elle.

Mais, à peine leurs bouches s'étaient-elles frôlées pour l'embrasement de leur passion brutale (que l'évêché non plus, ou alors à l'intérieur du mariage, et encore, la lumière éteinte) que Jacques, tel le cheval du général Hugo en Ibérie occupée, fit un écart en arrière.

— Mais elle pue le pneu brûlé, cette salope.

— Normal, dit la salope. J'ai pas fini de digérer l'Adidas.

Le coup passa si près que le zizi tomba, mais pas tout de suite.

— Imbaisable. Tu es imbaisable, constata Jacques en ricanant, tandis que la pin-up retrouvait, une fois de plus, forme humaine à parapluie coincé.

— Ne chantez pas victoire, répondit le Ficusien profondément humilié, j'aurai votre sperme, monsieur Rouchon. Nous avons les moyens de vous faire éjaculer. Il est vain de lutter encore. Je peux tout. Je peux vous endormir et vous suggérer le rêve érotique absolu, avec phantasmes interdits, sous l'Arc de Triomphe et tout.

Mais Jacques n'écoutait plus. Un événement, d'une banalité incontestable, surtout par temps gris, venait de le bouleverser. Une goutte de pluie, bien large et bien mouillée, venait d'éclater sur le pare-brise. Tout entier à ses imprécations d'hétaïre frus-trée, le Ficusien ne l'avait pas vue. Prompt, l'homme s'empara du parapluie de l'envahisseur, s'éjecta de la voiture, et, plus TGV que le Paris-Lyon, repartit pour un nouveau galop.

Comme il l'avait espéré, ce n'était point pipi d'oiseau, mais une bonne belle grosse pluie bien de chez nous, périgourdine et limouillée, de la belle averse à flic et floc en tirs groupés, qui fait courir les veaux aux champs et vous serpillière un chien de bouvier en moins de temps qu'il n'en faut à un éclair d'intelligence pour traverser l'œil d'un imbécile. Une pluie cavaleuse à rengorger les rues, à lisser le bitume, à consterner les écureuils. En quelques secondes, elle avait trempé les chênes qui dégouli-naient à flots sur la carrosserie de l'auto où Super-pas-d'ici trépignait de haine et de rage impuis-santes.

Certes, il pouvait tout. Sauf aller aux escargots, chiner à Saint-Malo ou chanter sous la pluie. Son faciès moyen s'embrunit d'un masque de méchan-ceté, le même qui stigmatise à vie les traits des enfants bien élevés qu'on n'a jamais laissés courir dans les flaques d'eau.

Chapitre XXII

Fébrile et surtrempé, Jacques se jeta sur le cadavre de Marro dont le sang rouge et la matière grise, balayés par la pluie, retournaient à la terre comme il est écrit, car, en vérité je vous le dis, nous ne sommes que poussière, ou alors, quand ça mouille, gadoue.

Fébrilement donc, et dans le noir à peine zébré d'éclairs, il entreprit de fouiller les poches du mort, en faisant le serment que, s'il trouvait les clefs de la voiture du défunt avant la fin de l'averse, il cesserait de boire pendant un laps de temps qui resterait à déterminer. Pavlovement, cette réflexion intérieure lui rappela qu'il avait rangé dans sa poche revolver une deuxième fiasque de rhum, celle pour le secours éventuel aux accidentés, et il la vida cul sec pour se réchauffer le moral et les pieds. Où diable ce — regretté — connard avait-il enfoui son trousseau ? Non. Ça, c'est son cure-pipe. Et ça, son briquet.

Et ça, ses couilles. Et s'il les avait laissées sur la voiture, ces putains de clefs ? Et pourquoi pas ? Merci, mon Dieu, c'est là qu'elles sont.

Au moment où il s'engageait en trombe sur la départementale, Jacques eut un étourdissement. Un chouette. Avec des petites étoiles très brillantes sur ciel bleu de Prusse. « Rouchon, s'apostropha-t-il, tu ne peux pas flancher. Vite, vite. Foncer en ville. Prévenir les flics, les pompiers, les officiels et les efficaces. La troupe. Les laboratoires de partout où sont fabriqués les insecticides. Apparemment, c'étaient des moustiques moyen-courrier, pour ne pas dire de tourisme. Ils n'avaient pas encore essaimé hors de Cérillac. Et Catherine. Et Christian. Vite, vite. Les badigeonner au Flytox à mouches, à la bombe à fourmis. Est-ce qu'il en reste à la maison ? Trois heures du matin. Pharmacie fermée, en deuil, bouclée. Ça fait rien, je la défonce au pare-chocs. Ah la vache, ma tête. Ça tourne, ça tourne. Comme jamais. Je ne veux pas mourir dans ce quart d'heure de vie fondamental. Ça n'a jamais autant tourné. Je suis le seul homme capable de sauver la Terre en déclenchant la guerre aux moustiques. Je ne suis pas n'importe qui. Pas flancher, docteur. Non. »

Il eut l'ultime présence d'esprit d'éviter le poids lourd qui lui venait dessus, bizarrement, tout flou. C'était comme une image de cinéma, comme un plan au téléobjectif déformant où l'on voit débouler des camions tremblotants de la chaleur du bitume. Il parvint à stopper l'auto sur le bas-côté. S'affala sur le volant, la tête dans les bras, le souffle rauque.

Le tournis tournait court. Maintenant, tout était rouge. Il crut entendre un petit ploc dans sa tête. Une grande vague tiède l'apaisa. Il ne vit pas toute sa vie défiler à toute vitesse, il vit « Eau », « Essence », « 180 km/h », « Chauffage ». D'ailleurs, il ne mourut pas, mais, en tant que présence d'esprit, répétons-le, ce fut son ultime.

Chapitre XXIII

Prisonnier de l'auto sans durit, où la pluie n'en finissait pas de s'éclater, le Ficusien Jean-Christian Kohaine ôrageait désespoir, ôaversait ennemie. L'idée que ce Terrien, qu'il n'avait su occire, allait faire échouer son plan d'invasion de la planète le mettait dans un état de furie spatiale indescriptible avec les seuls mots du vocabulaire humain.

La pluie était tiède et chauffait l'habitacle où l'extra-terrestre gesticulait. Au risque de s'autodissoudre dans sa propre sueur, il était exclu qu'il transpirasse, ou transpirât, c'est tout de même moins laid. Il se mit fébrilement à appuyer sur tous les boutons du tableau de bord dans l'espoir de mettre en marche l'air conditionné.

Malencontreusement, il declencha l'ouverture automatique du toit ouvrant. La douche lui fit si mal qu'il ne put pas coordonner ses mouvements et retrouver le bouton.

Et il mourut là, dans un chuintement locomotif de vapeur exhalée, dissous, fondu, enfui, soupiré, ne laissant en souvenir de son passage sur Terre que son imperméable brouté, un pull-over Rodier gris-instituteur, un pantalon blafard, des chaussures montantes antiflaques et des dessous masculins d'un érotisme reisérien à recongeler une nymphomane.

Chapitre XXIV

Admirable d'abnégation et de dévouement quand il s'agit de prolonger des cadavres vivants destinés à distraire leurs parents en leur chiant sur les genoux, le corps médical déploya des trésors d'énergie pour sauver le docteur Jacques Rouchon. A dire vrai, les pompeux en blanc locaux n'étaient pas mécontents de voir leur turbulent confrère enfin maîtrisé sur une chaise roulante d'où il ne pourrait plus bafouer l'Ordre et souiller le caducée en gerbant sur la science officielle ou, pire, en visitant gratuitement des ouvriers agricoles nécessiteux.

Le surlendemain de l'accident, Jacques était déjà rendu aux siens, la pénurie d'infirmières, de profundis, ayant écourté passablement son hospitalisation à Cérillac.

Étouffée, écrasée, laminée par l'étendue du malheur qui la piétinait avec soin, Catherine, assise sur le canapé du salon, les coudes sur les cuisses et le menton dans les mains, regardait, incrédule et fascinée, le duo hallucinant de son sous-fils et de son mari résiduel, l'un et l'autre tapis côte à côte au fond de leur siège d'infirme, comme deux gambas au creux d'une espadrille de mer. Benêts et crochus, agités de soubresauts discrets, rieurs et peu bavants, ils se souriaient profondément, le père et le fils enfin réunis et qui enfin se comprenaient. Il apparaissait clairement que, plus encore que les barrages de la langue et les divergences de leurs us et coutumes, c'est la différence de quotient intellectuel qui divise les hommes, les empêche de s'aimer et les pousse à la guerre. Niveler l'intelligence, décérébrer l'élite pour l'abaisser aux niais, n'est-ce point là que réside l'ultime espoir de mettre fin à la haine, à la peur, au racisme, à la musique de chambre ?

Béat, Jacques tendit son index vers Christian et le lui enfonça dans l'oreille en égrenant des cuicuis d'oiseau. Ils rirent de bon cœur, d'un rire franc de fin de banquet que les sanglots de Catherine ne couvraient pas. Soudain, Jacques fronça les sourcils et fixa sa femme avec une intensité presque insoutenable. Elle se mit à genoux devant lui, lui prit les mains dans les siennes.

— Mon chéri, mon pauvre chéri. Tu veux me dire quelque chose ? Jacques, dis-moi, parle-moi.

Elle lui caressait les cheveux, les joues, désemparée.

Alors, il fit un effort surhumain et dit :

— Bzzz. Bzzz.

— Quoi, quoi, bzzz ? La guêpe ? La mouche ? L'avion ?

Mais il n'était plus là. Il jouait à nouveau au doigt dans l'oreille avec son fils.

Et puis, vers le soir, il se renfrogna et se mit à trembler de façon inquiétante, jusqu'à claquer des dents. Aucun des six Diafoirus accourus à son chevet ne sut trouver d'explication. Ils suggérèrent des calmants grécolatins compliqués. Elle les mit dehors, remplit à ras bord un biberon d'un tiers de Picon et de deux tiers de bière blonde. Une bonne vieille bière de garde du Nord de la France, une de celle dont il avait toujours salué l'élégance artisanale, et qu'il n'eût peut-être pas souhaité voir mélangée à l'amer. Mais il n'était plus en état de l'engueuler.

Elle lui souleva la tête comme on fait aux bébés et lui donna la tétée. Il cessa bientôt de trembler.

Elle essuya la mousse autour de sa bouche, déposa un baiser sur son front. Il fit son rot, s'endormit paisiblement, dans un sourire enfantin, et mourut dans la nuit du 10 au 11 juin, Saint-Barnabé humide s'il en fut.

Au même moment, dans le bassin aux poissons rouges du jardin, une femelle de moustique mourait aussi. D'épuisement. Elle venait de pondre trois mille œufs, gluants mais vigoureux, génétiquement chargés de tous les talents de leur mère.

Une grenouille à l'œil vif, que la faim en ces lieux avait attirée, en goba mille d'un coup. Pour leur part, les poissons rouges en happèrent neuf cent quatre-vingt-dix-neuf.

Et il n'en resta qu'un. Un mâle. Mais la grenouille, mal garée sur un nénuphar orienté plein nord, contracta le matin même un gros rhume des marais et, d'un éternuement violent, expectora un œuf de moustique encore vif. Une femelle.

Et il en resta deux. Dotés de pouvoirs ficusiens, ils disposaient de douze jours pour éclore, vivre, détruire, forniquer, pondre et mourir.

Chapitre XXV

11 juin. Saint-Barnabé.

Catherine Rouchon dort près de son mari. Elle est
sur le point de s'éveiller. Elle rêve qu'elle est en avion
au-dessus de la Loire. L'eau est rouge. De là haut, on
dirait une artère de sang. Au confluent du Cher, le
fleuve déborde brutalement. Le sang poisseux colle
au sol les blés tendres, cheveux verts gominés. Elle
sursaute. S'accoude au-dessus de l'homme. Dans la
pénombre, elle touche son front qui est froid. Elle a
très mal et elle crie.

A midi, Alain Bonillé et le curé Montagu viennent
pleurer autour de Catherine qui pleure aussi. Le
prêtre expédie ses onctuosités sacerdotales au-dessus
du défunt en espérant que son âme est trop occupée
à chercher un bistrot ouvert au paradis pour s'aper-
cevoir de ses simagrées.

MM. Labesse et Boucharoux se joignent à eux avant l'apéritif. Ils observent qu'on est bien peu de chose. Ils sont malheureux. Labesse suggère que Jacques est plus grand mort que vivant, et que c'est bien lui. Boucharoux dit oui.

12 juin. Saint-Guy.

L'inspecteur Granot, qui n'en est plus à un cadavre près, vient harceler Catherine au-dessus du sien. Il dit comment se fait-il que ceci et que cela ? Et pourquoi Rouchon pilotait-il la voiture du journaliste ? Et pourquoi avait-il jeté sa roue de secours ? Et à qui sont ces vêtements ? Et où étiez-vous hier soir à 23 heures ? Il ne dit pas « Restez à la disposition de la police et ne quittez la ville sous aucun prétexte » parce que la ville est plus que jamais bouclée, et qu'il sait qu'elle le sait. Sinon, il l'aurait dit. Il aime bien faire son intéressant. Elle le prie d'aller singer Maigret plus loin parce qu'on livre le cercueil. Il s'en va en maugréant dans sa bouffarde. On dirait Popeye.

Catherine regarde les deux faux douloureux des pompes funèbres déposer Jacques dans la boîte. Ils sont épuisés, car le mois fut payant. Sous leurs gants noirs scintillent des gourmettes neuves. Ils ont des soupirs de maîtres d'hôtel débordés qui veulent bien condescendre à vous donner une table parce que c'est vous.

Elle trouve que Jacques a l'air très mort, étranger, à cause de ce demi-sourire presque narquois, un peu violet, pas de lui et si jeune. Un sourire de cancre tire-au-flanc content de sa grippe.

Au crépuscule, elle s'appuie à la fenêtre et regarde la rue. Elle est pleine de gens sombres qui palabrent par petits groupes. Certains regardent vers elle, montrent la maison du doigt. Ils forment un spectacle lugubre. Il n'y a que des hommes, ils sont tous en noir. On a dû casser le mur bas du cimetière pour y enterrer ce matin toutes leurs femmes. Soixante-sept trous. Plus trois incinérations. Les autres, enfouies dans des terriers d'autres provinces où restent leur berceau et leur ossuaire particulier.

Catherine repousse le rideau. Elle pleure infiniment, sans bruit et en se tordant les mains. Elle voit par hasard, sur le bureau d'acajou, le coupe-papier d'ivoire ciselé, avec au cœur une miniature dorée victorienne montrant Disraeli en buste à jabot. Il l'avait acheté dix ans plus tôt à Londres, au marché aux puces de Portobello. Après, ils avaient fait l'amour en attendant l'heure du thé dans un hôtel de Kensington. C'était l'année de sa vertèbre un peu cassée, il en rajoutait dans la douleur : « Prends-moi. Je suis brisé. » Elle l'avait chevauché jusqu'à la nuit sur ce lit à baldaquin et puis ils avaient vu une pièce de Pinter et puis encore mangé du homard à l'anglaise, avec trop de cognac mal flambé. Pourquoi ce souvenir plutôt que mille autres ? Ah oui. C'est à cause du coupe-papier.

Et cette femme forte comme un soleil de cuivre se désagrège et se déchire, et des percherons noirs d'enfer s'essoufflent à l'écarteler.

13 juin. Saint-Antoine.

L'enfant cassé pousse des brames déraisonnables. Il donne des coups de tête sur le cercueil fermé de son père. Il voudrait jouer encore et lui mettre un doigt dans l'oreille.

A l'église, le curé dit que Jacques était généreux avec les malades pauvres et qu'on ne peut pas en dire autant de tous les chrétiens sobres.

Au cimetière, le professeur Paul Désileaux de Langérance, doyen de la faculté de médecine de Poitiers, président du Rotary, croisé de l'Ordre des médecins, pédiatre par-devant, pédophile par-derrière, dit nous ne t'oublierons jamais, Jean-François. On murmure qu'il s'est trompé d'obsèques, qu'il n'a plus toute sa tête depuis qu'il se l'est aplatie sur un caillou en courant après un enfant sous-alimenté pendant sa visite l'an passé dans un camp d'affamés en Afrique Sèche.

Alain et le curé Montagu entourent affectueusement Catherine que cent paires d'yeux d'hommes en noir scrutent bizarrement. Quelques émus condoléancent.

14 juin. Saint-Élisée.

En donnant la pâtée à sa brisure d'assuré social, Catherine regarde un journal télévisé pour s'endormir les idées noires.

Les guerres d'Orient font rage. La terre a tremblé en Asie du Sud et le vibrion cholérique s'occupe des survivants.

Mais surtout, surtout, Clairon-Fermand redescend en deuxième division. A Cérillac, dit l'encadré, le mystère reste entier. La seule femme survivante, Mme Catherine Rouchon, la veuve du docteur Rouchon, trop tôt arraché à l'affection des siens à la suite d'une courte et cruelle maladie, fait actuellement l'objet d'une protection très attentive de la part de la police et des pouvoirs publics locaux et nationaux que supervisent les services du nouveau ministre de l'Intérieur qui succède à M. Lapaire, démissionnaire après le scandale du mystère irrésolu de Cérillac qui, rappelons-le, reste entier, alors qu'on me tend une dépêche de toute dernière minute qui nous apprend que l'A. S. Saint-Germain aussi.

15 juin. Sainte-Germaine.

Une lettre à en-tête de la préfecture arrive en exprès, portée par un gendarme motocycliste. Mme veuve Rouchon, née Albaret, demeurant 3, allée des Platanes à Cérillac, est priée de se rendre ce jour, 15 juin, en instance urgente extraordinaire, à l'hôpital militaire de Limoges, pour y subir une série d'examens physicopsychologiques, dans le cadre de l'enquête sur la série de décès féminins suspects observés à Cérillac depuis un mois. Une voiture officielle viendra la chercher à 11 heures à son domicile.

C'est une voiture blindée qui comporte un caisson isolé. Des infirmiers en combinaison antinucléaire y poussent Catherine sur l'air des pincettes. A midi, ils portent le caisson dans la salle étanche de l'hôpital où trois médecins en scaphandres antimissiles en téflon extraient la jeune femme pour la jeter dans un autre habitacle étanche en verre transparent percé de trois paires de trous garnis d'autant de manchons anticontamination pour passer les bras ; l'ensemble créant des conditions de stérilité et de burlesque nécessaires au tournage éventuel des aventures spatiales de la dame aux Camélias.

Troussée, talquée, palpée, griffée, raclée, Catherine offre à la science inquiète un bout de peau, trois cheveux, un ongle, une pinte de bon sang, des mucosités, quelques gouttes de sueur frontale, et beaucoup de son amour-propre, également écorché.

A 13 heures, les analystes déclarent que Mme Rouchon ne présente aucun symptôme d'aucune maladie, et ne promène le moindre virus ou bacille suspect connu ou inconnu. Mme Rouchon demande avec insistance pourquoi les autorités responsables ont fait procéder à ces examens. Les autorités responsables avouent que les mêmes prélèvements ont été effectués, en vain, sur les mortes cérillacaises. En vertu de quoi, et au terme d'un syllogisme ambigu, la police demande à Mme Rouchon si elle ne trouve pas bizarre qu'elle ne soit pas morte aussi. Mme Rouchon dit qu'elle consent à se promener désormais avec une clochette à lépreux, à condition qu'on lui foute la paix. Elle prie qu'on la laisse rentrer poupougner le fruit exotique de ses entrailles que la compagnie prolongée des cerbères-nounous peut perturber. Effectivement, à 11 heures 17 précises, selon le rapport de police, Christian Rouchon a pissé sur un officier en tenue.

16 juin. Saint-J.-F. Régis.

Catherine Rouchon écrit à sa sœur Anne, conservateur des sites et jets d'eau du lac Léman, à Genève, en Suisse.

Chère Anne,
Merci pour ta lettre chaleureuse. Merci aussi de m'encourager à venir me reposer quelque temps chez toi. Tu as raison, je vais tout faire pour partir d'ici. La vie à Cérillac est devenue pour moi totalement étouffante. Je ne crois pas être capable de supporter longtemps encore la tension et l'espèce de haine à peine contenue que je sens sur moi.

Aujourd'hui, mal m'en a pris, j'ai voulu sortir de la maison pour me changer les idées et fuir un peu Christian qui grince des dents jour et nuit depuis la mort de son père. (Je me demande parfois si cet enfant est normal.) J'avais à peine mis un pied dehors que deux sinistres troupiers simiesques m'emboîtaient le pas. Je leur ai dit qu'ils étaient ridicules, que je n'avais pas l'intention de m'enfuir avec mon cabas vide à la main, en laissant mon fils handicapé à la maison. Ils m'ont répondu qu'ils agissaient ainsi pour me protéger. Au début, je me suis demandé de quoi, et contre qui. Et puis, j'ai compris. Dans la rue, il y avait partout des hommes en noir. Seulement des hommes, forcément, et tous en noir. Ils longeaient les murs blancs au soleil avec les longues grises mines de leur deuil encore tout neuf. Certains soufflaient des deux naseaux, il leur venait des bribes d'invectives salaces, des menaces de mort et de viol. Je sentais dans mon dos, posés sur moi comme des ventouses, leurs regards arrondis, pleins de haine et de sperme. Des gens que je connais par cœur, qui ont toujours été mon quotidien gentil dans cette ville. Tu te rappelles le cordonnier Carmut, près de l'église, qui payait Jacques en vins de Touraine, et qui avait offert ses premières chaussures sur mesure à Christian, parce qu'on était fauchés. Il était devant sa boutique. Il m'a sifflée comme on siffle les putes. Le charcutier m'a jaugée. Le boulanger m'a toisée. Le crémier m'a touchée. J'ai hâté le pas, j'allais raide et droite, étrangère, me mordant les lèvres pour ne pas pleurer. Je vous salue, Catherine pleine de grâces, disaient les yeux cochons des hommes en noir, soyez punie entre toutes les femmes.

Anne, c'est insupportable. J'ai compris qu'à Cérillac je ne suis plus la dernière femme. Mais la première. Je suis Ève. Je porte le péché originel, alourdi des morts étranges de toutes les autres femmes.

A mon passage, prudemment, le marchand de

fruits et légumes a mis son cageot de pommes à l'abri. Je suis Ève. Adam m'a quittée. Je suis toute seule avec le serpent dans le jardin.

Ce soir, le temps est gris et lourd, comme souvent par ici au bord de l'été. Tout à l'heure, en rentrant par le jardin, j'ai vu une vipère brillante sortir de dessous sa pierre. Elle s'est laissée couler dans le bassin aux poissons rouges, doucement, comme pour ne pas troubler la vie grouillante des parasites à la surface de l'eau. Ça m'a fait froid dans le dos.

Catherine.

P.S. : Je vais partir. Attends-moi. Mais, ne me demande pas quand ou comment... Il ne me sera pas facile de sortir d'ici. Je suis surveillée jour et nuit. Ma ligne téléphonique est sur écoute permanente. C'est le père Montagu qui postera cette lettre cette nuit.

17 juin. Saint-Hervé.

Alain et le curé approuvent la décision de Catherine, mais ils insistent pour que Christian reste à Cérillac. Ils soutiennent qu'il est pratiquement impossible de s'évader discrètement de France en Suisse accompagnée d'un grabataire mou doué de manifestations d'incontinence totalement imprévisibles, et susceptible à tout moment de meugler sa joie de vivre en tombant de sa chaise.

Le bon abbé propose de garder l'enfant quelque temps en pension au presbytère, en attendant que les passions s'apaisent. Il insiste sur l'idée que la présence de Christian chez lui, au contraire de constituer une entrave à sa vie, lui vaudra à coup sûr, et conjointement, un regain d'estime de la part de Dieu, jamais insensible à ce type de manifestation charitable, et la reconnaissance de ses grenouilles, toujours avides d'assurer leur avancement dans la hiérarchie paradisiaque en récurant les infirmes entre la messe et les vêpres.

Alain ajoute sans rire que la rééducation motrice des muscles de Christian n'est pas terminée, qu'elle est son affaire, et qu'elle ne saurait être confiée à n'importe quel kinésithéraplouc helvète avachi par les excès de chocolat blanc.

Catherine se laisse convaincre. Tous trois arrêtent un plan d'évasion.

— Mais comment partirai-je ? Il faut faire vite.

— J'y ai pensé, dit l'abbé. Sainte Blandine, articula-t-il un ton plus bas, comme on lance un mot de passe, et les deux autres s'asseyèrent à ses pieds pour ne pas rater la suite. Voilà près de trois ans que je repousse un voyage à Montluçon avec elle.

— Sainte Blandine ?

— Sainte Blandine. Si vous étiez plus pieux, monsieur Bonillé, vous sauriez que cette personne, qui fut soumise aux lions en 177, pour la plus grande gloire de l'Église, vécut sa prime jeunesse à Cérillac. L'hiver, elle vendait des marrons. L'été, elle tapinait dans le sous-bois, jusqu'à la chute des châtaignes. Un jour, Dieu lui apparut sous la forme d'un cochon sauvage. Il la dissuada de vivre plus longtemps dans le péché avec le risque de se piquer le derrière au contact des cupules épineuses. Elle s'en trouva Bien-heureuse, et célèbre par chez nous. Son effigie en bois de chêne, détruite par les crétins républicains en 1792, a été reconstituée en plâtre en 1936, par un crétin royaliste qui la peignit avant qu'elle ne fût sèche. Si bien qu'à ce jour elle se craquelle dramati-quement. Et que je dois la transporter, pour réfec-tion, à l'atelier d'art religieux de Montluçon qui se trouve, épargnez-moi vos chipotages, en plein sur la route de la Suisse.

— Et alors ? demanda Catherine qui n'osait pas deviner la suite.

— Vous allez prendre la place de la sainte dans ma camionnette, ma chère enfant. Les hommes et les flics n'y verront que du feu.

— Mais Catherine ne ressemble pas du tout à une statue, s'offusqua Alain, qui l'avait vue bouger.

— Vous la maquillerez. J'ai vu ce que vous avez fait l'année dernière pour la fête des écoles. C'était très bien.

Catherine se dit qu'en effet, poudreur ou pétrisseur, Alain était un garçon habile de ses mains. Mais elle fit remarquer que le projet rocambolesque du père n'eût pas déparé une aventure de Tintin au pays des raclettes, à condition toutefois qu'on atteignît la Suisse à la fin du voyage.

— Facile, reprit l'abbé. Nous passerons la frontière le plus discrètement du monde. Par l'église de Verliers, un peu au-dessous de Nantua. On n'y dit plus le culte depuis vingt ans et sa situation topographique est intéressante : la façade est en France, et le maître-autel en Suisse. Il y a une trappe juste sous le tabernacle qui débouche dans un puits vaudois désaffecté.

— Mais où avez-vous appris toutes ces choses, monsieur le curé ? dit Catherine en prenant les deux mains du vieil homme dans les siennes.

— Oh, j'ai fait un peu de résistance par là-bas, pour tuer le temps... J'ai aidé quelques juifs à passer en Suisse en 43. Ce n'est pas pour me vanter, mes enfants, mais je crois bien être le seul curé de France à avoir jamais convaincu des juifs à se plier devant un crucifix...

Alain fit remarquer que le passage secret n'existait probablement plus.

— Rassurez-vous, il y est toujours. J'y suis retourné trois fois. En 57, pour aider deux hommes du FLN à fuir. En 61, pour faire passer deux jeunes de l'OAS. Et à l'automne dernier, pour un pique-nique œcuménique avec une calviniste, mais bon, c'est ma vie privée, conclut-il. Je pense que nous pouvons partir demain matin. Je prendrais volontiers un petit verre de quelque chose.

Ils se surprirent à boire tard dans la nuit, débattant bruyamment de leur projet, parlant fort et bougeant trop pour cacher leur déchirement d'avant la fin dans une surexcitation artificielle de banquet raté. Ils savaient que plus rien, jamais, ne serait provincial et réservé comme l'avait été leur vie monocinétique dans ce terroir posé à l'écart des fureurs, que les fureurs avaient désuni.

18 juin. Saint-Appel.

9 h 30. Le kinésithérapeute Alain Bonillé pénètre chez les Rouchon. Il dit qu'il vient masser l'enfant. Les gardes opinent.

10 heures. Au volant de la fourgonnette de la cure, l'abbé Montagu entre dans le garage des Rouchon. Qu'est-ce que c'est que ça, monsieur le curé ? C'est la caisse à claire-voie. Et ça, qui c'est, avec la robe blanche ? C'est ma statue de sainte Blandine. Qu'est-ce qu'elle fait dans la caisse à claire-voie ? Je la transporte à Montluçon ce matin pour la faire

restaurer à l'atelier d'art religieux. Pourquoi entrez-vous dans le garage ? Pour charger une malle de vêtements appartenant à ce pauvre M. Rouchon que cette pauvre Mme Rouchon tient à offrir aux nécessiteux qui travaillent tout nus à l'atelier d'art religieux. De Montluçon ? De Montluçon. Les gardes ropinent.

10 h 15. Alain et le curé sortent en douce la statue de la caisse, la descendent à la cave, la cassent au burin en mille morceaux plâtreux. Mentalement, l'abbé jure à Dieu qu'il regrette.

11 heures. Alain aide Catherine Rouchon à enfiler une chemise de nuit blanche sans éparpiller la farine dont il lui a enduit la tête et les membres après l'avoir badigeonnée à la colle à papier. Il range dans sa poche l'envie péremptoire qu'il a de la baiser sous la douche. Il l'embrasse une dernière fois, très doucement. Sur la bouche. Forcément, c'est la seule partie d'elle encore à nu et libre à chair offerte.

11 h 30. L'abbé Montagu fait observer que les gardes, écrasés de chaleur, pique-niquent sous le tilleul. Il dit que c'est le moment.

Chapitre XXVI

12 h 31. Un couple de jeunes moustiques pénètrent dans la maison par la fenêtre entrebâillée. Ils entrent dans la malle ouverte pour s'y aimer au frais dans les culottes en soie.

12 h 32. Catherine Rouchon ferme la malle à double tour, dans un geste un peu rageur, possessif et jaloux, pour tous ces souvenirs de lui qui pourraient s'envoler.

Les Bons Conseils du professeur Corbiniou
Seuil/Nemo, 1997

La seule certitude que j'ai, c'est d'être dans le doute
Seuil, 1998

Le Petit Reporter
Seuil, 1999

AUDIOVISUEL

Pierre Desproges portrait
Canal + Vidéo, cassette vidéo, 1991

Les Réquisitoires
du tribunal des flagrants délires
Epic, disque et cassette, 1993

Chroniques de la haine ordinaire
Epic, disque et cassette, 1994
et cassette vidéo, 1996

Pierre Desproges au théâtre Fontaine
Epic, disque et cassette, 1995
et cassette vidéo, 1996

Pierre Desproges au théâtre Grévin
Epic, disque et cassette
et cassette vidéo, 1996